WITHDRAWN
No longer the property of the
Boston Public Library.
Sale of this material benefits the Library

Dirección editorial:
Departamento de Literatura
Infantil y Juvenil

Dirección de arte:
Departamento de Imagen y Diseño GELV

© Del texto: Alfredo Gómez Cerdá
© De las ilustraciones: Xan López Domínguez
© De esta edición: Editorial Luis Vives, 2009
  Carretera de Madrid, km. 315,700
  50012 Zaragoza
  Teléfono: 913 344 883
  www.edelvives.es
Editado por Llanos de la Torre Verdú

ISBN: 978-84-263-6849-2
Depósito legal: Z. 3977-09

Talleres Gráficos Edelvives (50012 Zaragoza)
Certificados ISO 9001
Printed in Spain

Reservados todos los derechos. Cualquier forma de reproducción, distribución, comunicación pública o transformación de esta obra sólo puede ser realizada con la autorización de sus titulares, salvo excepción prevista por la ley. Diríjase a CEDRO (Centro Español de Derechos Reprográficos, www.cedro.org) si necesita fotocopiar o escanear algún fragmento de esta obra.

EDELVIVES

ALA DELTA

Barro de Medellín

Alfredo Gómez Cerdá

Ilustraciones
Xan López Domínguez

Para Marcela,
que rendijea por todas
las páginas de este libro.

Novela ganadora del
XIX Premio Ala Delta de Literatura Infantil

El jurado se reunió el 11 de abril de 2008.
Estaba compuesto por Carmen Blázquez (crítica literaria),
Marcos S. Calveiro (escritor), Pilar Careaga (editora),
Carmen Carramiñana (profesora),
Marina Navarro (bibliotecaria) y
Mª José Gómez-Navarro, como presidenta.

Novela ganadora del
Premio Nacional de Literatura Infantil y Juvenil 2009

El jurado del premio, que concede el Ministerio de Cultura, se reunió en Madrid el 21 de octubre de 2009. Estaba compuesto por José María Merino (Real Academia Española), Xavier Carro (Real Academia Gallega), María José Olaziregi (Real Academia de la Lengua Vasca), Gemma Lienas (Instituto de Estudios Catalanes), Marta Vilagut (Organización Española para el Libro Infantil y Juvenil), María Dolores González Gil (Conferencia de Rectores de Universidades Españolas), Paula Izquierdo (Asociación Colegial de Escritores), Amparo Bou (Federación de Asociaciones de Periodistas de España), Noemí Villamuza (ilustradora), Jordi Sierra i Fabra y Agustín Fernández Paz (autores galardonados en 2007 y 2008, respectivamente). Actuó como presidente el director general del Libro, Archivos y Bibliotecas, Rogelio Blanco, y como vicepresidenta la subdirectora general de Promoción del Libro, la Lectura y las Letras, Mónica Fernández.

1

A mediodía, la tormenta comenzó a formarse hacia el suroeste. Las nubes parecían apretarse contra las montañas, como si quisieran desplazarlas de sitio; se espesaban por momentos, se retorcían y adquirían unas formas sorprendentes y amenazadoras. Los colores se iban apagando y toda la gama de grises, como si se tratase de una vieja película de *gangsters* de los años cuarenta, se iba apoderando del lugar.

Al oír el primer trueno, Camilo se asomó a la puerta de su casa y apartó el trapo hecho jirones que servía de cortina y, como en tantas otras ocasiones, contempló el valle entero. Volvió a pensar que era una suerte vivir donde vivía, en lo mas alto del barrio de Santo Domingo Savio. Desde allí se divisaba toda la ciudad y las montañas, siempre verdes, que la rodeaban. No importaba que la mayoría de las calles no estuviesen asfaltadas y que cuando caía el aguacero, cosa que sucedía casi a diario, hubiese que caminar por un lodazal. Tampoco le importaba que el agua potable llegase a los grifos un día sí y dos no, o que en muchas ocasiones la luz se cortase en cuanto empezaba a oscurecer, como si la electricidad se negase a comprender que por la noche es cuando más se la necesita.

Mucho menos le importaba a Camilo que para llegar hasta allí hubiese que subir una cuesta empinada e interminable, que dejaba sin aliento a la mayoría. Él, aunque era un niño, estaba fuerte y sano. Por eso no se cansaba. Podía bajar hasta el cauce del río y volver a subir como si tal cosa.

En muchas ocasiones, cuando su padre le mandaba a comprar aguardiente, bajaba a propósito hasta las tiendas que se encontraban cerca de la estación de metro de Acevedo. Había otras tiendas más cercanas y el precio del aguardiente era el mismo, pero prefería bajar hasta la estación siguiendo la línea del metrocable.

Casi siempre lo acompañaba Andrés, su vecino y mejor amigo, que tenía la misma edad que él. Los dos se embelesaban mirando las cabinas del metrocable, que no cesaban de circular transportando pasajeros, y discutían sobre su funcionamiento.

—Cada cabina debe de llevar un motor en el techo.

—Las cabinas no llevan motor.

—Y entonces ¿cómo se mueven?

—Y yo qué sé.

—¿Y por qué no se caen?

—Porque si se cayesen no montaría la gente.

—¿Te gustaría montar a ti?

—No.

—Pues a mí sí.

—Bueno, a mí también, pero no montaría. Me guardaría el dinero y bajaría andando, como hago siempre. Con el dinero podría comprarme alguna cosa.

—¿Qué te comprarías?

—Un helado. O una gaseosa de las grandes. O un patacón*.

Cuando cruzaban el río por el puente siempre les gustaba detenerse en el centro y contemplar las impetuosas aguas, que tenían un color marrón, como de chocolate.

—¿Y no te gustaría comprar un tazón de chocolate con el dinero del metrocable?

—También.

Llegaban a la tienda y Camilo rebuscaba por sus bolsillos para sacar el dinero que le había entregado su padre. Colocaba los billetes sobre el mostrador y les pasaba las manos para estirarlos un poco.

—Podías tratarlos mejor —le decía el dueño de la tienda—. Esos billetes están hechos un asco.

—Ya estaban así cuando me los dieron.

El dueño de la tienda contaba el dinero y se dirigía a uno de los estantes, donde guardaba las botellas de aguardiente.

—Por ese dinero sólo te puedo dar tres botellas. ¿Quieres una bolsa?

---

* Rodaja de plátano verde, machacado y frito.

—Sí.

Y volvían a cruzar el puente y a escalar la ladera de la montaña que la ciudad había ido arañando poco a poco, apropiándose de ella. Procuraba no mover demasiado la bolsa, pues en una ocasión había comenzado a voltearla y al final se rompió una de las botellas. Aún recordaba cuando se lo tuvo que confesar a su padre y la bofetada que éste le dio, que le hizo sangrar durante un buen rato por la nariz.

Aunque daban un poco de vuelta para llegar a su casa, Andrés y Camilo preferían seguir la línea exacta del metrocable. Les gustaba ver cómo las cabinas pasaban constantemente por encima de sus cabezas. Siempre acababan hablando de lo mismo.

—Pues en algún sitio tiene que haber un motor.

—Lo habrá, pero no se ve en las cabinas.

—Me lo dijo un policía la semana pasada.

—¿Un policía?

—Hacía viento y salí a volar la cometa. Me vio el policía y me gritó: «¡Pelao, aléjate de aquí!». Yo le dije que no hacía nada malo, pero él insistió: «¡Que te alejes, he dicho!

¡La cuerda de la cometa puede enredarse en los cables y estropear el motor!». Eso me dijo. Por eso sé que hay un motor, por eso y porque las cosas no se mueven solas.

—Yo sólo te digo que el motor no está en las cabinas.

—Pues estará en otra parte.

Les gustaba detenerse junto a los enormes pilares de sujeción de la línea del teleférico. Miraban hacia arriba hasta que les dolía el cuello. Siempre les admiraba aquella obra.

Andrés recordaba haber ido en una ocasión con su madre al centro de la ciudad, en un autobús tan lleno de gente que en algún momento sintió que le faltaba el aire para respirar.

—¿Qué será más alto, el edificio Coltejer o el metrocable? —se preguntó Andrés.

—Yo no he visto nunca ese edificio.

—Es... altísimo. Quise contar las plantas que tenía, pero mi madre no me dejó. En el centro de la ciudad hay muchos edificios altos. Desde la terraza del Parque Biblioteca pueden verse.

—Me extrañaría que fuesen más altos que el metrocable.

—Son altos de verdad.

—¡Bah! —Camilo le dedicaba un gesto despectivo a Andrés, dándole a entender que no merecía la pena seguir hablando sobre eso—. Nuestro barrio es más alto todavía.

A veces tenían que bordear algunas casas, o cuadras* enteras, porque los cables pasaban por encima de ellas. Pero no les gustaba subir por las escaleras nuevas y siempre buscaban los recovecos de las callejuelas, de los solares llenos de escombros, de los pasadizos que sólo ellos conocían.

—Mi padre repite a todas horas que el metrocable es el orgullo de la ciudad. Lo dice porque lo oyó por la tele.

—El mío, como siempre está borracho, no dice nada. Y cuando habla sería mejor que callase.

—Dice que ha servido también para unir nuestro barrio con el resto de la ciudad.

—A mí el resto de la ciudad me da igual.

—Pero algún día saldremos de aquí...

----

* Espacio de una calle comprendido entre dos esquinas, lado de una manzana.

—¿Para qué?

—No sé. Para salir.

—Vaya tontería.

En ocasiones empezaban a correr sin previo aviso, como si de pronto hubiesen decidido echar una carrera. Llegaban a un punto concreto y se detenían en seco. El que había llegado después se limitaba a mirar al otro de reojo durante un par de segundos; era la forma de felicitarle por su triunfo.

Otras veces se perseguían; cuando uno daba alcance al otro, volvían el juego a la inversa. No hacía falta cruzar palabras.

Con cascotes probaban su puntería. Sólo había que elegir un blanco: una botella vacía, una lata oxidada, un neumático hecho pedazos... Pero esto tenían que hacerlo en sitios solitarios, pues de lo contrario siempre había alguien que les gritaba de mal humor:

—¡Camajanes*! ¡Iros a tirar todas esas piedras a vuestra casa, a ver si vuestros padres os arrancan las orejas!

---

* Persona holgazana que se las ingenia para vivir a costa de los demás.

En una ocasión, Camilo le dijo a Andrés:

—¿Y si tiramos una piedra a las cabinas del metrocable?

—¿Para qué?

—Pues... para lo mismo que se la tiramos a una lata.

—No es igual.

—No. Será más difícil acertar, porque las cabinas se mueven.

—Pero son mucho más grandes.

—¡Lo haré yo!

Y Camilo buscó una piedra, la sopesó entre sus manos y buscó el sitio adecuado para lanzarla.

—Mi padre dice que el metrocable es el orgullo de la ciudad.

—Eso ya lo has dicho. Pero ¿qué significa eso?

—No lo sé.

—A lo mejor *orgullo* es algo malo.

—Seguro que no.

Justo cuando pasaba una cabina por encima, Camilo tomó impulso y lanzó la piedra con todas sus fuerzas. Su puntería era envidiable. La piedra impactó limpiamente en la zona inferior de la cabina. El golpe se oyó con claridad y los pasajeros, asustados, se levantaron y se pusieron a mirar hacia el exterior. Este movimiento dentro de la cabina hizo que ésta comenzase a balancearse, por lo que volvieron a sentarse de inmediato.

—¡Vámonos de aquí! —gritó entonces Camilo.

Los dos niños echaron a correr. Se imaginaban a toda la policía detrás de ellos por haber apedreado el dichoso orgullo de la ciudad.

Sólo cuando se aproximaban al Parque Biblioteca España cambiaban de rumbo, y todo porque Camilo no quería acercarse de ningún modo allí. Hacía sólo unos meses que el gigantesco edificio de la biblioteca había sido inaugurado con solemnidad por las autoridades y, desde entonces, en todas partes se hablaba de esa construcción inmensa, que parecía una roca oscura caída directamente del cielo, una roca que se hubiese quedado encajada milagrosamente en la ladera, con parte de su superficie al aire, sobre el vacío.

Los más agoreros afirmaban que en cualquier momento la mole echaría a rodar ladera abajo, llevándose consigo todo lo que encontrase a su paso. Otros, por el contrario, aseguraban que en su construcción habían trabajado arquitectos muy importantes, que habían hecho muchos cálculos para que el edificio no se derrumbase así como así.

Lo cierto es que el barrio de Santo Domingo Savio parecía otro desde que habían construido ese edificio para la biblioteca.

—Te digo que puedes acercarte sin problema —le decía Andrés.

—Y yo te digo que no me acercaré —repetía una y otra vez Camilo—. Un día me vio un vigilante. Salió corriendo detrás de mí. Si me acerco, tal vez me reconozca.

—Los vigilantes no son los mismos.

—¡Que no me acercaré!

Camilo seguía con la mirada fija en el suroeste por donde las nubes se oscurecían. El valle, siempre tan luminoso, se había vuelto plomizo. Los relámpagos cruzaban ya de un lado al otro.

—¿Qué ocurre? —le preguntó su madre desde el interior de la casa.

—Se está preparando una tormenta.

—Pon los tablones en la puerta.

Cuando caía un buen chaparrón y el agua bajaba en tromba por las calles del barrio, Camilo encajaba unos tablones en el hueco de la puerta de su casa, para evitar así que el agua entrase y lo inundase todo, como les había ocurrido en alguna ocasión.

Por un lado, no le gustaba que lloviese tan a menudo, pues la lluvia, si era fuerte, levantaba la capa de barro que cubría la fachada. Por otro lado, la misma lluvia le proporcionaba el remedio, formando en la misma calle grandes charcos de lodo, de donde sacaba el barro para volver a embadurnarla.

Pensó que era un problema tener que mantener la fachada de su casa siempre oculta, un verdadero problema. Pero, por el momento, no había otra solución. Con algo había que cubrir esos ladrillos tan grandes y de ese color tan extraño.

Cogió los tablones y, antes de colocarlos, volvió a contemplar el valle y la ciudad entera desparramada sobre él. No se cansaba de mirar. Observó también su barrio, que se desplomaba hacia el curso del río.

—No hay un sitio mejor en toda Medellín —dijo en voz alta.

—¿Qué ocurre? —repitió la madre desde dentro.

—Nada. Ya pongo los tablones.

2

La tormenta descargó con mucha fuerza. Los relámpagos eran tan continuados que no podían ni contarse y convertían al cielo en un escenario fantasmagórico. El estallido de los truenos rebotaba por las laderas del valle, que lo agrandaban y multiplicaban hasta extremos sobrecogedores. La lluvia caía con intensidad en todo momento y, en ocasiones, formaba una cortina tan tupida que impedía la visión a más de diez metros de distancia.

De vez en cuando, Camilo revisaba los tablones de la entrada para ver si resistían el empuje de la riada. Él mismo se había encargado de hacerles unas hendiduras con una navaja para que encajasen perfectamente el uno en el otro y no dejasen ni una rendija por donde pudiera colarse el agua. Y después, desde la ventana, con la cara pegada al cristal, observaba el aguacero. Si algo bueno tenía aquel barrio era que desde allí se divisaba todo: desde las casas de Copacabana hasta mucho más allá del cerro Nutibara, donde debía de estar el aeropuerto, pues por esa zona bajaban y subían los aviones.

—No entiendo cómo te gusta tanto mirar el paisaje y luego no quieres salir nunca del barrio —le reprochaba muchas veces Andrés.

—¿Y qué tiene que ver una cosa con otra? —Camilo parecía molestarse ante la insistencia del amigo.

—Si no te interesa lo que está fuera del barrio, ¿por qué lo contemplas tanto?

—Son cosas mías —y cambiaba de tema.

A Camilo no le importaba que Andrés, su mejor amigo, su amigo de toda la vida, no le comprendiera. Sabía que algunas cosas que sentía eran imposibles de explicar, por eso los demás nunca podrían entenderlas. Pero ya se había acostumbrado.

Aunque no podía verla desde la ventana, se imaginaba ya la fachada limpia de barro, con los ladrillos lavados y relucientes. En cuanto escampase tendría que salir a embarrarla de nuevo. Estaba harto de hacer aquel trabajo, que siempre le tocaba a él. De nada le había servido quejarse en una ocasión a su padre.

—Es un trabajo pesado para un niño.

—¿Cuántos años tienes?

—Diez.

—Ya no eres tan niño. Deja de discutir y ponte a trabajar.

—Pero si alguien me ayudase...

—Nadie te ayudará. Hazlo tú solo. Tú tienes la culpa por haber traído esos ladrillos.

—Si al menos comprásemos dos sacos de cemento no tendríamos que estar siempre pendientes del barro.

—¡Cemento! ¿Sabes acaso hacer la masa con cemento? ¿Sabes tenderlo por las paredes?

—Puedo aprender.

—Hay cosas más importantes en que gastar dinero que en dos sacos de cemento.

El padre de Camilo destapó una de las botellas de aguardiente y bebió un largo trago directamente del gollete.

—Yo compraré esos sacos de cemento —terció la madre, mientras cambiaba los pañales al bebé.

—¡Harás lo que yo mande! —el padre intentó levantarse del viejo sofá donde estaba recostado, pero a punto estuvo de perder el equilibrio y buscó de nuevo el refugio del asiento.

—¡Te recuerdo que hace más de un año que soy la única persona que ingresa dinero en esta casa! —estalló la madre—. ¡Y si quiero comprar dos malditos sacos de cemento, los compraré!

Camilo se arrepintió mil veces de haber iniciado con su petición aquella disputa entre sus padres, la más violenta de todas las que recordaba, y recordaba muchas. El padre finalmente se había levantado del sofá y, aún tambaleándose, había golpeado a su madre, sin tener tan siquiera en cuenta que ella llevaba en brazos al bebé.

Por eso no le gustaba estar en su casa. Entraba en ella lo imprescindible, sólo para dormir. Prefería estar caminando por el barrio, de un lado a otro. Últimamente se las apañaba para conseguir algo de comida cuando tenía hambre.

—Es fácil —le decía a Andrés—. Cuanto más grande sea la tienda, mejor. Los empleados sólo atienden las cajas y no se enteran de nada.

—Pero eso es robar.

—¿Y qué?

—Pueden pillarte.

—He decidido que seré toda mi vida ladrón. Me gusta. Empecé robando ladrillos para levantar la casa, ahora robo comida y acabaré robando algo de mucho valor, aunque aún no sé qué será.

—¿Coches?

—No, algo más valioso todavía.

—Pues yo no quiero ser ladrón.

—¿Qué quieres ser?

—No lo sé.

—Entonces serás ladrón, como yo.

—No.

—Te digo que sí.

—¿Por qué estás tan convencido?

—Yo creo que a los diez años si no sabes lo que quieres ser, acabas siendo ladrón. Podemos formar una banda. Tú y yo seríamos los jefes. Bueno, yo sería un poco más jefe que tú, que para eso se me ha ocurrido la idea.

—¡Te digo que no seré ladrón! —Andrés llegaba a molestarse.

La lluvia amainaba y las nubes parecían calmarse mientras se retiraban por el este. Comenzaba a clarear. Camilo sabía que en unos minutos el cielo volvería a estar azul y el valle, como si hubiese sido abrillantado por el agua, reluciría esplendoroso. Eran momentos de incomparable belleza, en los que tenía la sensación de que se podía ver y tocar hasta el mismísimo aire que todos respiraban.

Se remangó los pantalones por encima de la rodilla y se quitó los zapatos, que colocó bajo su cama. Aún tendría que esperar un poco, hasta que la lluvia cesase por completo y el agua dejase de correr sin freno por las calles empinadas.

Se quedó mirando la foto que había sobre el televisor. Estaba enmarcada, pero al marco le faltaba el cristal desde que su padre, en uno de sus frecuentes arrebatos de furia, se la lanzó a su madre, produciéndole una brecha en la cabeza.

Le gustaba mirar aquella foto. No tanto como contemplar la ciudad y el valle entero desde las alturas de su barrio, pero casi. En un lado estaban sus padres, cogidos del brazo, posando; en el otro estaba él en brazos de su tío Camilo. Tendría aproximadamente dos años. Los dos se reían con ganas; parecía que algo les hubiese hecho mucha gracia.

—Cuéntame cosas del tío Camilo —le pedía a su madre.

—Te las he contado mil veces. Ya te las sabes de memoria.

—No importa.

—¡Cómo no va a importar! Es de tontos contarle a alguien una cosa que ya sabe.

—Pero a mí lo que me gusta es que me lo cuentes. Escucharte. Cuando hablas del tío Camilo te cambia la expresión de la cara, y el tono de voz, y los ojos...

—¿No ves que yo tengo muchas cosas que hacer? —le cortaba su madre.

—Pero puedes contármelas mientras las haces. Otras veces lo has hecho.

La madre negaba varias veces con la cabeza, como dando a entender que su hijo no tenía remedio, y comenzaba a hablar:

—El tío Camilo era la alegría en persona.

—¿Es verdad que siempre estaba de buen humor?

—Lo es.

—¿Es verdad que nunca dejaba de sonreír?

—Cierto —suspiró—. Ni siquiera cuando lo recogieron en la calle acribillado a balazos dejó de sonreír.

—¿Y me quería mucho?

—Te adoraba. Venía a jugar contigo en cuanto tenía un rato libre.

A Camilo le parecía muy injusto que a su tío lo hubieran matado. Nadie quiso explicarle nunca por qué lo habían matado, pero pensaba que no podía existir motivo, por grave que fuera, que justificara su muerte. Ni siquiera que estuviera metido en el narcotráfico, como aseguraba su padre.

—Un ajuste de cuentas —decía con su boca babeante de aguardiente—. Se lo tenía bien merecido.

—No creas ni una palabra de lo que diga tu padre —replicaba de inmediato su madre—. Tu tío era un hombre bueno. Pero en aquellos años la ciudad entera se había vuelto loca.

—¡Cállate, bruja! —y el casco de una botella vacía volaba por los aires y se estrellaba contra la pared, haciéndose añicos.

—Yo recogeré los cristales —decía Camilo a su madre—. No llores. Me gusta llamarme Camilo, como él.

Camilo no entendía muy bien a qué se refería su madre cuando decía que la ciudad se había «vuelto loca» años atrás. Él pensaba que ninguna ciudad podía volverse loca, ni siquiera Medellín. ¡Mucho menos Medellín! La miraba desde la ventana y parecía que se despertaba después del temporal, como un gigantesco animal inofensivo y bonachón, que abre los ojos tras una placentera siesta. El sol parecía abrirse paso a manotazos entre las nubes, que se deshilachaban en miles de jirones, y sus rayos, como si se filtrasen por un colador, caían verticales y semejaban un misterioso bosque de luz.

«Es imposible —pensaba Camilo—. Es imposible que una ciudad se vuelva loca. Puede volverse loco alguno de sus habitantes, como mi padre. Pero no una ciudad, no una como ésta».

3

Como sabía que se pondría perdido de barro, Camilo decidió quitarse toda la ropa y ponerse sólo un viejo calzón de baño. Y así salió a la calle. Aunque la tormenta había refrescado el ambiente, el sol ya se estaba encargando de volver a calentarlo. Siempre ocurría de esa manera, por esa razón la ciudad presumía de eterna primavera.

Justo frente a su casa había una tapia levantada con los más diversos materiales: ladrillos de diferentes tamaños, grandes bloques de hormigón y simples piedras arrancadas de la montaña, que delimitaba un almacén de chatarra. Esa tapia obligaba a la calle a girar de manera antinatural y a cambiar de dirección. Eran muchos los que decían en el barrio que el día menos pensado una avalancha de agua se la llevaría por delante; pero el dueño del almacén, un hombre malencarado y huraño, que la había levantado con sus propias manos, aseguraba que resistiría todas las avalanchas y todas las riadas. Y hasta el momento así era.

A Camilo aquella tapia le facilitaba mucho el trabajo, pues contra ella se acumulaba una espesa capa de barro después de cada tormenta. De modo que sólo tenía que dar cuatro pasos y cruzar la calle para conseguirlo. Disponía de una única herramienta para hacer su trabajo: un cubo de plástico viejo, sin asa y con algunas grietas. Del resto se encargaban sus manos.

Cuando embadurnó de barro la fachada por primera vez, recién levantada su casa, pensó que la piel de las manos y de los antebrazos se le resquebrajaría o se le llenaría de úlceras sanguinolentas. Pero con el tiempo comprobó que no le ocurría tal cosa, sino todo lo contrario. Y siempre

que trabajaba con aquel barro, después de lavarse, notaba que su piel se volvía más suave, igual que si se hubiese echado una crema o algún potingue similar. Este hecho le confirmaba que vivía en el mejor sitio del mundo, pues sólo en un lugar así podía existir una tierra con semejantes propiedades.

Cargaba el cubo de barro y lo llevaba hasta su casa. Allí, con las manos, sacándolo a puñados, lo iba extendiendo de arriba abajo por toda la fachada.

De pronto, sintió un ruido a su espalda, volvió la cabeza y descubrió a Andrés.

—Descargó una buena tormenta —le dijo el amigo a modo de saludo.

—Ha sido muy linda.

—¿Te pareció linda la tormenta?

—Sí, mucho.

—Yo estuve viendo la tele, hasta que se fue la luz.

—Hacía mucho tiempo que no veía una tormenta como aquélla.

Andrés negó con la cabeza y pensó que su amigo desvariaba. Pero ya estaba de sobra acostumbrado a esos comentarios, que casi nunca podía comprender del todo. Cambió de tema.

—¿Quieres que te ayude? —le preguntó.

—Bueno.

Andrés también se había quitado la ropa y, como él, sólo vestía un viejo calzón. Camilo lo miró y sonrió, agradecido. Sintió una vez más que era su amigo. No un amigo, sino su amigo.

—Es un trabajo pesado —le dijo.

—Ya lo sé. Recuerda que no es la primera vez que te ayudo.

—Mi padre no quiere comprar unos sacos de cemento para cubrir los ladrillos.

—¿Por qué?

—Porque prefiere gastarse el dinero en aguardiente.

—Bueno, contra eso no se puede hacer nada —Andrés se encogió de hombros—. Lo sé por experiencia.

Camilo se acercó a Andrés y bajó el tono de su voz para confesarle un secreto.

—Una vez mi padre se dejó una botella abierta sobre la mesa. La agarré y bebí un trago de aguardiente sin que me viera.

—¿Te gustó?

—¡No! Me supo repugnante. No sé cómo puede gustar a los mayores.

—Yo también lo he probado y opino lo mismo que tú. Prefiero la gaseosa de manzana.

—Quizá cuando nos hagamos mayores también nos guste.

—No creo.

—Yo tampoco lo creo.

Metieron las manos en el cubo y lanzaron el barro contra la pared, luego lo fueron extendiendo pacientemente con las manos.

—Tenías que haber buscado los ladrillos en otro lugar —le dijo Andrés.

—Sí, eso es lo que tenía que haber hecho. Pero ya no hay solución, aunque me haya arrepentido mil veces.

—¡No sé cómo se te ocurrió!

—Porque no lo pensé. Era más pequeño y no pensaba las cosas como ahora.

—Ahora las piensas demasiado. Y no siempre entiendo tus pensamientos.

—Un día me acerqué a ver cómo construían el edificio de la biblioteca. No tenía nada mejor que hacer y sólo quería rendijear*

_____

* Curiosear.

un poco. Entonces vi esos ladrillos enormes y oscuros. No había visto ladrillos así en toda mi vida. Los tenían amontonados y, aunque había algunos vigilantes, era fácil robarlos. Agarré dos y eché a correr. Pensé que servirían para nuestra casa, la que estaba a punto de levantar mi padre en este solar. Se los enseñé y me dijo que eran los mejores ladrillos que había visto jamás.

—Deben de costar tres veces más que un ladrillo normal. Tienen que ser buenos a la fuerza.

—Perdí la cuenta de los viajes que hice hasta las obras de la biblioteca. Me pasé noches enteras yendo y viniendo cargado de ladrillos. Mi padre comenzó la casa y me repetía una y otra vez: «consigue más». Y yo le obedecía, hasta que una noche estuvieron a punto de pillarme. Me descubrió el vigilante y me persiguió. Pude despistarlo por las callejuelas del barrio.

—Tu casa ha quedado muy bonita con esos ladrillos.

—Yo pienso lo mismo. Pero a mi padre le entró pánico al ver terminada la biblioteca, cuando apareció en todos los programas de televisión y vinieron los reyes de España a inaugurarlo con las autoridades de la ciudad... No hacía más que darme capones y decirme que esos ladrillos nos delataban y que la policía nos llevaría presos por ladrones. Entonces fue cuando se me ocurrió recubrirlos de barro.

—Fue una buena idea.

—Lo malo es la lluvia.

—Sí, eso es lo malo.

—He oído decir que hay lugares en el mundo donde llueve poco.

—En los desiertos no llueve nada.

—¿Y qué bebe la gente allí?

—No sé. Cerveza, supongo. O gaseosa.

—Yo prefiero vivir aquí, aunque llueva a menudo.

—Yo también.

Entre los dos acabaron el trabajo muy pronto y en algo más de media hora la fachada de la casa había cobrado un aspecto completamente distinto. Ya no se veían los ladrillos, esos magníficos ladrillos que habían servido para levantar el majestuoso edificio de la biblioteca: grandes, oscuros, veteados, rugosos... En su lugar aparecía ahora un emplaste de barro tosco, grisáceo, que se pegaría a la pared a medida que se fuese secando y que resistiría, como una costra, hasta que otra tromba de agua cayese sobre Medellín.

Los dos amigos contemplaron su obra y luego se sonrieron con complicidad.

—Nadie podría decir qué es lo que hay debajo —dijo Andrés.

—Pero si pudiera conseguir unos sacos de cemento, no tendría que volver a hacerlo. El cemento resiste al agua. Alguien me enseñaría a hacer la masa y a tenderlo sobre la pared.

—Trata de convencer a tu padre.

—No. Lo intenté una vez, pero no volveré a hacerlo.

—A lo mejor un día se emborracha tanto que te da el dinero para comprarlos.

—Sólo me da dinero para comprar aguardiente. Y últimamente ni siquiera para eso. Me grita y amenaza para que se lo traiga, me dice que haga lo que sea para conseguirlo.

—¿Y qué haces?

—Robarlo. Soy un ladrón y lo seré siempre.

—Yo no —a Andrés le molestaba que su amigo dijese esas cosas.

—Tú acabarás siéndolo.

—¡Que no!

—Vamos a la fuente, a lavarnos.

La fuente estaba en medio de una de las plazoletas del barrio. Era relativamente nueva, pues la hicieron después de las obras del metrocable. Tenía una pileta ovalada, con medio metro de agua aproximadamente, y en el centro un surtidor que lanzaba varios chorros al aire.

Echaron una carrera hasta la fuente y, al llegar, saltaron el pretil de piedra para caer en el fondo de la pileta. Chapotearon un rato.

—Está fría.

—Sí. Se me está poniendo la piel de gallina.

Lavaron el cubo y lo llenaron del agua limpia que salía de los surtidores. Luego, se la echaban sobre la cabeza al tiempo que se frotaban con las manos por todo el cuerpo.

—El barro te deja la piel muy suave —comentó Camilo.

—Es verdad. Se nos pondrá la piel como la de las chicas.

—¿Tú sabes cómo tienen la piel las chicas?

—Pues... muy suave, supongo.

—Pero ¿estás seguro?

—Seguro, seguro... no. Lo he oído decir.

—Yo también lo he oído decir.

—Si los dos lo oímos, será verdad.

—Lo será. Pero yo no quiero tener la piel como la de las chicas.

—Ni yo.

—¡Qué fastidio!

—¿Por qué te quejas?

—Encima del trabajo que da recubrir la fachada de mi casa de barro, me deja la piel como la de las chicas —Camilo negaba con la cabeza, contrariado.

Una señora que pasaba en esos momentos por allí comenzó a increparlos a voces.

—¡¿No tenéis otro sitio mejor donde quitaros la mugre?! ¡Salid de la fuente, pelaos del demonio! ¡Acabaréis atascando los desagües con toda la porquería que lleváis encima! ¡Ni a una miserable fuente la dejan vivir tranquila en este maldito barrio! ¡Salid de la fuente ahora mismo o avisaré a un policía para que os dé un escarmiento!

Ante aquellas amenazas, Camilo y Andrés salieron de la fuente y echaron a correr en dirección a sus casas. La carrera les vendría bien para entrar en calor y secarse. El sol, que ya brillaba de nuevo en todo su esplendor, les ayudaría.

Sólo se detuvieron al llegar a su calle.

—Este barrio está cambiando —en las palabras de Camilo se adivinaba una gran decepción—. Uno ya no puede ni meterse en una fuente sin que le griten y amenacen.

—Todo el mundo dice que está cambiando desde que hicieron el metrocable y el Parque Biblioteca.

—No repitas lo del orgullo de la ciudad y esas cosas.

—No iba a hacerlo.

—Yo creo que sí.

—¡Te digo que no!

—No sé por qué se empeñan en que estemos orgullosos de unas cabinas colgadas de un cable, o de una biblioteca gigante. ¿Para qué me sirven a mí esas cosas? ¡Dímelo!

—No lo sé.

—¡Yo no quiero que cambie el barrio! ¡Y lo que quiero que cambie, no cambiará nunca!

—¿Cómo puedes saber eso?

—Lo sé.

Decidieron vestirse y encontrarse de nuevo para caminar un rato por las calles. A los dos les gustaba mucho caminar de un lado a otro, sin rumbo. Detenerse aquí y allá, ante cualquier cosa que les llamase la atención. Y hablar hasta cansarse. A veces los dos tenían la sensación de que hablar, aunque fuera entre ellos, era una forma de entender algunas cosas y de entenderse a sí mismos en medio de un mundo que les resultaba demasiado complejo.

4

Su padre dormitaba en el sofá. Camilo se vistió a toda prisa para abandonar la casa antes de que abriera los ojos. Su madre acababa de salir con el bebé. Procuró no hacer ruido, moviéndose con sigilo de un lado a otro, conteniendo incluso la respiración en algunas ocasiones. Pero justo cuando giró el picaporte para abrir la puerta de la calle oyó la voz de su padre, pastosa y ronca, titubeante:

—¿Has terminado ya el trabajo?

—Sí.

—¿Adónde vas?

—A la calle.

—Pues no vuelvas sin traerme aguardiente. ¿Me oíste?

—No tengo dinero.

—¿Me oíste? —se limitó a repetir el padre.

Cuando salió a la calle se encontró con Andrés, que lo estaba esperando. Se sorprendió de que ya estuviese allí, preparado. No podía creerse que se hubiera vestido más rápido que él. Sin mediar palabra echaron a andar.

No necesitaban decirse nada para guiar sus pasos en una dirección o en otra, ni siquiera era preciso una señal o un gesto. Sólo caminaban y sus piernas se acompasaban solas, como si un extraño magnetismo las dirigiese al mismo tiempo.

Ascendieron hasta los límites del barrio, allá donde las humildes casas daban paso a zonas de tupido matorral, a quebradas y a roquedales que se erigían entre el verdor que lo recubría todo. Se sentaron sobre una de aquellas rocas, que ya estaba prácticamente seca. Camilo señaló las últimas nubes, que parecían huir precipitadamente por el valle, como si algo las hubiese asustado en la ciudad y quisieran abandonarla a toda prisa. Una bandada de negros gallinazos* remontaba el vuelo en busca de carroña; sabían que las riadas siempre arrastraban algunos cadáveres de animales desprevenidos. En lo más alto, el sol campaba a sus anchas, como dueño y señor absoluto.

—¿Sabes por qué huyen tan deprisa esas nubes? —preguntó de pronto Camilo.

—Las han asustado los gallinazos —bromeó Andrés.

—No.

—Pues entonces las empujará el viento.

—Tampoco. Huyen porque saben que esta ciudad puede volverse loca. ¿Tú crees que una ciudad puede volverse loca?

—Pero ¿una ciudad entera? —como de costumbre, la sorpresa y el desconcierto iban en aumento en Andrés.

—Sí, claro.

—Nunca había pensado que eso pudiera ocurrir.

—Mi madre dice que Medellín se volvió loca hace unos años.

————

* Ave rapaz diurna que se alimenta de carroña.

—Para que la ciudad se volviera loca tuvieron que volverse locos todos los habitantes. Y eso me parece imposible.

—Yo pienso lo mismo.

—A no ser que...

—¿Qué?

—En una película que vi el otro día en la tele los malos dejaban caer un gas sobre una ciudad y todos los habitantes se volvían locos. A lo mejor eso es lo que pasó aquí hace unos años.

—¿Y quién dejó caer ese gas?

—No lo sé. Alguien muy malo. Eso seguro.

Camilo extendió los brazos hacia la ciudad y luego los abrió poco a poco, como queriendo abarcarla. Su mirada se perdía por los enjambres de casas que llegaban hasta donde la vista alcanzaba.

—Desde esta altura, nosotros también podríamos lanzar un gas sobre la ciudad.

—¿El gas de la locura?

—No, ése no. Por culpa de ese gas mataron a mi tío Camilo.

—Entonces ¿qué gas lanzamos?

—No lo sé.

Descendieron zigzagueando, no siempre por calles. A veces atravesaban solares vacíos

o los pequeños barrancos que surcaban la ladera y por los que descendía el agua de la lluvia hacia el cauce del río. Premeditadamente, Camilo se acercó a un almacén de materiales de construcción. Se detuvo a unos metros y se quedó mirándolo. Hacia la calle daba una especie de tienda, donde los clientes iban a surtirse, y la parte de atrás era un patio muy grande, rodeado por una tapia ruinosa y cubierto en parte con planchas de cinc.

—Aquí robaré los sacos de cemento —le dijo Camilo a Andrés—. Pero tendrás que ayudarme.

—No soy un ladrón.

—Esos sacos son muy grandes y pesan mucho. Yo solo no podría cargar ni siquiera con uno.

—No te ayudaré a robar.

—Saltaré la tapia por la parte de atrás.

—No me convencerás.

—Sería estupendo si pudiéramos conseguir una carretilla...

Andrés agarró del brazo a Camilo y tiró con fuerza de él, obligándolo a caminar y alejándolo de aquel almacén de materiales.

—¡Vámonos de aquí!

—Volveré. Y si no quieres ayudarme, lo haré yo solo, aunque esos sacos me doblen el espinazo.

Hacía tiempo que no podían vivir el uno sin el otro; se habían convertido en inseparables, y sentían que su amistad era más fuerte que otros vínculos, incluidos los familiares. Así lo habían reconocido ellos mismos de manera ingenua en muchas ocasiones. Por lo general, no quedaban para hacer algo en concreto, sino para estar juntos, simplemente. Y estar juntos les bastaba, pues eso era mejor que cualquier juego o que cualquier aventura.

Como buenos conversadores, no paraban de hablar y, en algunas ocasiones, hasta se quitaban la palabra de la boca uno a otro. Andrés solía hacerlo de cosas más concretas, más evidentes; sin embargo, Camilo era imprevisible y a veces costaba mucho trabajo saber con exactitud lo que quería decir. Cuando Andrés se lo reprochaba, él siempre respondía con las mismas palabras:

—Yo sé lo que quiero decir.

—Pues podías explicarte mejor.

—Hay cosas que son difíciles de explicar.

—¿Qué tienes dentro de la cabeza?

—Lo mismo que tú.

—Seguro que no.

En ocasiones, se producían algunos lapsos de silencio y los dos niños, embelesados, se quedaban mirándose a los ojos. En esas situaciones, Andrés tenía la sensación de que entendía todo lo que pasaba por la cabeza de Camilo. Le parecía sorprendente que el silencio y una mirada pudieran revelarle lo que no conseguía un torrente de palabras.

Camilo se frotó las manos varias veces con energía, luego lo hizo con más delicadeza y extendió sus caricias hacia los antebrazos. Finalmente hizo un gesto de contrariedad.

—Fíjate, se nos está poniendo piel de chica —comentó.

Andrés también se tocó las manos y los brazos.

—Ese lodo es milagroso —dijo—. Tenemos que tener cuidado de que no nos llegue a otras partes del cuerpo.

—¿Por qué?

—Podríamos volvernos chicas del todo.

—Yo no quiero volverme chica.

—Ni yo.

Continuaron mirándose las manos y los brazos, comprobando el efecto que producía el barro sobre ellos. Se tocaron incluso el uno al otro.

—Pues sí que está suave.

—Se me ocurre una idea. Podemos ir a buscar a algunas chicas y comparar sus pieles con las nuestras —propuso Andrés.

—¿Adónde?

—A estas horas seguro que están todas en el Parque Biblioteca.

—¡Ah, no! Yo no iré a ese lugar.

—Te aseguro que ya no está el vigilante que te persiguió aquella noche por robar ladrillos. Los que vigilaban la obra se marcharon hace tiempo.

—Pero habrá otros.

—Sí, pero los que hay ahora no te conocen de nada.

—Quizá hayan visto mi casa y se hayan dado cuenta de que está construida con los mismos ladrillos.

—Te digo que no. Además, es imposible que los hayan visto, porque siempre están cubiertos de barro.

Camilo negó con la cabeza. Le molestaba la insistencia del amigo. Estaba harto de que todo el mundo en el barrio hablase sin parar del Parque Biblioteca y del metrocable. A él esas dos cosas le tenían sin cuidado.

—¿Y qué haremos allí? —preguntó, y al instante tuvo la sensación de que su pregunta era como una pequeña claudicación.

—Hablar con las chicas y comparar su piel con la nuestra.

—¿Y qué hacen las chicas en el Parque Biblioteca?

—Mirar los libros, leer...

—¿Tú has ido alguna vez?

—Alguna vez.

—¿Y también miras los libros, lees...?

—Me quedo fuera.

—¿Y para qué vas entonces?

—Me gusta más caminar alrededor del edificio, por las terrazas. Desde allí también hay muy buenas vistas.

Reanudaron el paseo y, en esta ocasión, fue Andrés quien, de manera casi imperceptible, llevó a Camilo hasta las proximidades del Parque Biblioteca, que emergía como un islote rocoso y sólido, salvador, en medio de las turbulentas aguas de un océano. Cuando se dieron cuenta estaban frente a él.

Camilo se detuvo en seco ante las escalinatas de acceso. Andrés se quedó mirándolo unos instantes y luego tiró de él para obligarlo a reanudar la marcha.

—¿Qué haces? —se molestó Camilo, quien rechazó bruscamente la mano del amigo.

—Las chicas están arriba.

—¿Y quieres que nos vean llegar agarraditos de la mano? ¿Tanto efecto te está causando ya ese barro?

—No digas bobadas.

Finalmente subieron las escalinatas y se plantaron en una gran terraza que, a modo de explanada, rodeaba por completo el singular edificio formando diferentes niveles. Camilo nunca había visto tan cerca aquel gigante. A corta distancia no parecía en absoluto peligroso, sino todo lo contrario. Las moles de ladrillo se abrían en la parte inferior a través de unas cristaleras que dejaban vislumbrar lo que había dentro. Conseguían un efecto tentador y, con sólo contemplarlo, se experimentaban ganas de penetrar por las bocas de aquel monstruo, sabedores de que en su interior únicamente se podría encontrar algún tesoro desconocido.

—¿Entramos?

—¿Seguro que están?

—Ya te he dicho que sí.

Camilo se sintió paralizado cuando, tras cruzar la puerta principal, descubrió a dos guardias vigilando la zona. En una fracción de segundo su mente lo llevó hasta las noches en que se deslizaba sigilosamente en las obras y robaba ladrillos para construir su casa. ¿Sería alguno de aquellos guardias el que lo descubrió y lo persiguió a la carrera? Andrés le había asegurado muchas veces que no, que los vigilantes de la obra ya no estaban. Pero ¿cómo saberlo con seguridad? Él no podría reconocer al que lo vio, pues cuando se sintió descubierto echó a correr y no volvió ni una sola vez la cabeza; pero quizá el guardia sí que grabó su imagen en la memoria.

—Vamos —le apremió Andrés.

Camilo miró a su amigo. No tuvo que decirle nada para transmitirle que sentía miedo. Sin darse cuenta, estiró el brazo y asió su mano. Y así entraron en el amplio espacio de la biblioteca.

—Creo que las chicas ya nos han visto agarraditos de la mano —le dijo Andrés, sonriendo.

Al darse cuenta, Camilo se soltó de inmediato e, incluso, se apartó unos pasos del amigo.

—Esta vez fuiste tú el que se cogió de mi mano.

—¡Cállate!

Los muebles estanterías formaban un amplio cuadrado en medio de la inmensa sala, y dentro de ese espacio estaban colocadas las mesas y las sillas. Multitud de niños se movían incesantemente entre los estantes, tomando y dejando libros. Algunos parecían estar haciendo algún trabajo y se afanaban en escribir en sus cuadernos. Los más pequeños prescindían de las sillas y se tiraban al suelo con un libro de imágenes entre las manos.

Las chicas estaban sentadas en torno a una mesa, en un extremo, junto a una estantería abarrotada de libros.

—¿Entramos ya?

Camilo se encogió de hombros.

5

Entre las estanterías se abría un paso hacia la zona delimitada para lectura. Se dirigieron hacia allí, resueltos. Las chicas, aunque estaban en el extremo opuesto, ya se habían dado cuenta de su presencia y los miraban y hacían comentarios. A todas les extrañaba verlos allí y, en especial, a Camilo.

Cuando iban a entrar, una mujer muy joven les salió al paso.

—Hola —les saludó.

—Hola —respondieron ellos a dúo.

—No me suenan vuestras caras.

Camilo y Andrés se miraron, como tratando de descubrir algo extraño en sus propias caras.

—Lo que quiero decir es que no soléis venir por aquí, ¿verdad?

—Yo he venido algunas veces, pero nunca había entrado —reconoció Andrés.

—¿Y tú? —preguntó la mujer joven a Camilo.

Camilo iba a responder que era la primera vez que acudía a aquel lugar, lo cual era cierto; pero le vino de repente a la memoria el recuerdo de las noches en que había ido hasta allí sigilosamente para robar ladrillos. Por eso, dudó.

—Es la primera vez —dijo al fin.

—Entonces no tendréis el carné de la biblioteca.

—No.

—Si me traéis dos fotografías os lo haré, así podréis sacar los libros que más os gusten y llevároslos a casa.

—¿Para qué? —preguntó Camilo, extrañado.

—Para leerlos. ¿Sabéis leer?

—Pues claro —respondió de inmediato Andrés, un poco molesto por la duda que planteaba la pregunta de la mujer joven—. Ya no vamos a la escuela, pero sabemos leer y también escribir.

—¿Y por qué habéis dejado de ir a la escuela?

—Tenemos otras cosas que hacer.

—Es una buena razón —sonrió la mujer joven—. Pero seguro que podéis encontrar otras buenas razones para seguir yendo a la escuela.

A pesar de que aquella mujer le parecía amable y simpática, a Camilo le estaba incomodando la situación. Siempre le molestaba que los adultos le reprochasen que no fuese a la escuela; todos le repetían las mismas palabras, parecía que las hubieran aprendido de memoria, todos menos su padre. Él era el único que le decía que dejase de perder el tiempo con los estudios y que hiciese cosas útiles para ganar dinero.

—Como no tenemos las fotos, nos vamos —dijo.

Pero la mujer joven lo detuvo.

—No hace falta carné para entrar en la sala. Podéis pasar. Otro día, si os apetece, me traéis las fotografías y hacemos el carné para que podáis sacar libros.

Andrés y Camilo se miraron confundidos. No sabían si marcharse o si pasar al interior. La mujer joven los invitó a entrar con un movimiento de sus manos. Fue Andrés quien tomó la iniciativa.

—Vamos —le dijo a Camilo, y lo empujó hacia dentro.

—¿Cómo os llamáis? —les preguntó entonces la mujer.

—Andrés.

—Camilo.

—Yo me llamo Mar.

Camilo la observó un instante, curioso. Era morena, con el pelo largo y un poco enmarañado; de ojos marrones, como la miel y como el otoño. Sus labios sonrosados, casi siempre sonrientes, dejaban al descubierto unos dientes muy blancos a los que unos *brackets* habían hecho prisioneros. Le pareció linda, muy linda.

Las chicas los recibieron con gestos de incredulidad, dando a entender que se sorprendían mucho de verlos allí. Estaban acostumbradas a encontrarlos por el barrio, ya que todos vivían en la misma zona y se conocían desde que eran unos mocosos.

Pero desde que Camilo y Andrés abandonaron el colegio, la relación se había vuelto más extraña. Se veían, sí; coincidían, hablaban un rato, se contaban algunas cosas; pero casi siempre de manera fortuita y algo forzada. Eran ellos los que parecía que querían mantenerse al margen, como si el hecho de vagar por las calles durante el horario escolar los hiciera más independientes y adultos.

Manuela, una niña mulata de ojos grandes y pelo ensortijado, se decidió a preguntarles abiertamente:

—¿Qué hacéis aquí?

—¿Es que no podemos estar aquí? —respondió Camilo con otra pregunta.

—Vosotros no habéis venido a leer. Y no vais a la escuela, así que tampoco habéis venido a hacer las tareas.

—¿Y qué?

—Seguro que no tenéis ni el carné.

—La mujer de la entrada nos ha dicho que sólo hace falta para sacar libros.

Al recordar a aquella mujer, Camilo se volvió hacia el lugar donde habían estado hablando con ella. Seguía allí. Acababa de colocar una pila de libros sobre una mesa y parecía estar ordenándolos. En ese momento, ella levantó la cabeza. Sus miradas se cruzaron durante un segundo. Luego, ella le sonrió.

Había cuatro chicas en la mesa, las cuatro amigas y vecinas del barrio, las cuatro de la misma escuela y de la misma clase. En realidad, formaban una pandilla mucho más grande, pero a esas horas de la tarde muchas de ellas tenían que ocuparse de ayudar en casa, bien con trabajos domésticos, o bien cuidando de los hermanos más pequeños.

Era evidente que la que llevaba la voz cantante era Manuela. Hablaba con más seguridad que el resto y trataba siempre de dominar la situación. Cuando no hablaba ella escuchaba atentamente lo que decían sus amigas, supervisando sus palabras.

—¿Qué queréis? —preguntó esta vez María, la más baja de todas y la única que no llevaba el uniforme de la escuela.

—Hemos venido para comparar nuestras pieles —Andrés decidió revelarles de una vez sus intenciones.

Las cuatro chicas se miraron y no disimularon gestos de sorpresa e incredulidad, pues cada vez entendían menos.

—¿Estáis locos? —volvió a tomar la iniciativa Manuela.

—Es verdad —insistió Andrés—. Hemos estado metiendo un buen rato las manos en el barro y, al lavarnos en una fuente, hemos notado que la piel se nos ha vuelto más suave. Queremos comprobar si se nos está poniendo piel de chica.

—Sólo unos bobos se divierten metiendo las manos en el barro —añadió Feli, que llamaba la atención por su piel blanca, lechosa, y sus cabellos rojizos.

—No lo hacemos para divertirnos —puntualizó Camilo.

—Lo que se os está poniendo es piel de bobos —dijo María, y las cuatro se echaron a reír.

Decidido a zanjar el asunto cuanto antes, Andrés se acercó a la mesa y extendió uno de sus brazos sobre ella, justo delante de las chicas.

—Podéis tocar y lo comprobaréis.

Manuela miró a sus amigas, se encogió de hombros y arrugó su cara de forma cómica, dando a entender que aquellos chicos se habían vuelto majaretas, y tocó el brazo y la mano de Andrés. Lo hizo con mucha suavidad, evitando pasarle la mano entera, apoyando sólo las yemas de sus dedos.

—Sí que está suave —reconoció.

Las demás chicas se fueron animando y comenzaron a tocar también el brazo y la mano de Andrés. Éste se volvió a Camilo.

—¿A qué estás esperando? Pon tu brazo aquí.

Camilo dudó, pero finalmente colocó también uno de sus brazos sobre la mesa. A las chicas, de pronto, parecía gustarles aquella especie de juego y no dejaban de tocar y de hacer comentarios.

—Sí, sí, muy suaves.

—¿Y antes de meter las manos en el barro no teníais la piel tan suave? —preguntó Esperanza, que parecía la más preocupada por sus tareas escolares, pues en ningún momento se desprendía de su bolígrafo y, de vez en cuando, escribía algo en su cuaderno.

—No —Camilo y Andrés respondieron al mismo tiempo.

Al final, las chicas acabaron colocando sus brazos también sobre el tablero de la mesa y, con la mano que les quedaba libre, tocaban y tocaban, intentando comparar sus pieles con las de ellos.

—Sí, es cierto —aseguró María, acompañando sus palabras con grandes gestos—. Yo creo que ya tenéis la piel más suave que la de las chicas.

—¡Me lo temía! —exclamó Andrés.

—Más suave, sí; pero diferente —intervino Feli.

—Así que podéis estar tranquilos, que todavía no tenéis piel de chica —añadió Manuela con contundencia—. ¡Qué más quisierais!

Volvieron a reírse las cuatro y una de las cuidadoras que andaba por la sala les hizo un gesto para que guardasen silencio.

Camilo se sintió ridículo y retiró al momento su brazo de la mesa. Lo mismo hizo Andrés. Y a los chicos les siguieron ellas.

Camilo se volvió a Andrés.

—Vámonos ya.

—¿No os quedáis un rato a leer? —les preguntó Esperanza.

—¿A leer? ¿Para qué?

—¡Mira que sois brutos! —les increpó Manuela.

Los dos se dirigieron hacia la salida, pero antes de llegar a ella Camilo cambió de dirección y se acercó a una de las estanterías. Se detuvo ante ella y comenzó a pasar la mano sobre el lomo de los libros. Andrés lo siguió y no dejaba de sorprenderse por la actitud del amigo.

—¿Qué haces? —le preguntó.

—Miro estos libros, ¿no lo ves?

—¿Y para qué los miras?

—Voy a robar uno.

—¿Te has vuelto loco? ¡Te pillarán!

—No me pillarán. Es muy sencillo. Lo esconderé debajo de mi camisa. Ponte a mi lado para taparme un poco.

—¡No pienso ayudarte! —protestó airadamente Andrés—. ¡No pienso ayudarte a robar! ¡Ni un libro, ni un saco de cemento, ni nada! ¡Yo no soy un ladrón!

—Pero lo serás. Y los dos organizaremos una banda de ladrones.

—No cuentes conmigo.

En un abrir y cerrar de ojos, Camilo extrajo uno de los libros y se lo guardó debajo de la camisa, sujetándolo con la cinturilla del pantalón. Andrés hizo un gesto de rabia, pues le molestaba mucho haberse convertido en cómplice a su pesar.

—Ahora vamos a salir como si tal cosa —dijo Camilo, con aparente tranquilidad.

—Si te pillan, yo no sabré nada —le advirtió Andrés—. No quiero ser ladrón, ¡¿te enteras?!

Camilo echó a andar y Andrés lo siguió. Llegaron a la zona de la salida. Mar seguía ordenando libros en una mesa, en apariencia ajena a todo. Pasaron a su lado y continuaron hacia el exterior.

Pero en ese momento oyeron una voz a sus espaldas.

—Camilo, Andrés —Mar los estaba llamando.

Los dos se detuvieron en seco. Se volvieron muy despacio. Ella se había levantado y los miraba.

—¿Ya os vais?

—Sí —respondió Camilo.

—Ha sido una visita corta.

—Tenemos otras cosas que hacer.

—Ah, claro, es cierto. Lo había olvidado. Bueno, espero veros otro día por aquí.

—Sí, volveremos —dijo Camilo.

—Y si queréis llevaros libros a casa, traéis dos fotografías.

Los dos hicieron un gesto afirmativo con la cabeza y continuaron su camino hacia la calle.

Al pasar frente a los vigilantes contuvieron la respiración. Estaban abriendo las mochilas y las carteras de los que salían para revisarlas. Afortunadamente, ellos iban con las manos vacías y pasaron ante el control sin levantar sospechas.

Cuando se vieron de nuevo fuera del gigantesco edificio de la biblioteca expulsaron de golpe el aire de sus pulmones. Atravesaron la explanada que había junto a la puerta principal y descendieron de nivel por unas escaleras. Una vez allí echaron a correr y se perdieron por las callejas del barrio. Sólo se detuvieron cuando Andrés retuvo a Camilo y le frenó casi en seco.

—¡No quiero ser un ladrón! —le gritó con todas sus fuerzas.

Los dos respiraban aceleradamente, tratando de recuperarse del esfuerzo.

—No es malo ser un ladrón —le contestó Camilo.

—¡Pues yo no quiero serlo!

—¿Por qué?

—¡Porque lo era mi abuelo y porque lo es mi padre!

Y Andrés comenzó a llorar.

6

Camilo observó detenidamente el libro. No lo había elegido al azar, sino que había tenido cuidado en agarrar uno bien encuadernado, con cubierta rígida y tan nuevo que parecía recién comprado. Lo abrió y lo estuvo hojeando un rato. Muchas páginas llevaban ilustraciones a todo color, y este detalle le gustó mucho, pues pensó que así el libro tendría más valor.

Con cuidado, quitó el tejuelo que le habían colocado en la biblioteca. Como las pastas estaban plastificadas le resultó muy sencillo y el lomo no sufrió ningún daño. Arrancó la ficha de préstamo que llevaba pegada en la primera página. Pensó que lo único que no podría eliminar era el sello de la biblioteca, que aparecía en varias hojas. La única solución sería arrancar también las hojas, pero eso lo desechó al momento, pues nadie quiere un libro al que le falten algunas hojas.

Andrés se secaba con la manga de la camisa las últimas lágrimas.

—Yo me voy a mi casa —dijo.

—Antes acompáñame.

—¿Adónde vas?

—Voy a bajar hasta la estación. Por allí pasa mucha gente.

—¿Para qué?

—¡Para qué va a ser! ¡Para vender este libro!

—No te acompañaré.

—Vamos.

Camilo empezó a andar y Andrés lo siguió. Y mientras lo seguía, pensaba en qué extraña dependencia tenía del amigo. Él siempre se salía con la suya y lo obligaba a hacer cosas que no quería. En realidad no lo obligaba, pero sentía algo que lo arrastraba. Era su mejor amigo, su único amigo de verdad.

Quizá por eso siempre acababa siguiéndolo como un perrillo obediente.

—¿Y a quién se lo vas a vender?

—A quien quiera comprarlo.

—¿Y cuánto vas a pedir por él?

—No sé lo que puede costar este libro, pero pediré lo justo para comprar una botella de aguardiente. Si no la consigo no podré dormir esta noche en mi cama.

Se colocaron frente a las puertas de acceso de la estación de metro de Acevedo. Ya estaba anocheciendo. Por eso, el ajetreo de pasajeros era constante. La mayoría regresaba del trabajo.

Camilo alzó el libro con sus manos, para que pudiera verse bien, y comenzó a vocear el título del mismo, animando a los transeúntes a comprarlo.

—¡Es una ganga! ¡En una librería cuesta tres veces más! ¡Un libro muy bueno para que sus hijos aprendan muchas cosas de utilidad! !Una ocasión única! ¡Cómpremelo, señor! ¡Cómpremelo, señora!

La mayoría de las personas no le prestaban ninguna atención. Sólo algunas lo miraban de reojo, pero sin detenerse siquiera.

—¡Una ganga! ¡Una ganga! ¡Miren qué libro tan bonito! ¡Se lo ofrezco barato! ¡Está nuevo! ¡Pueden comprobarlo! ¡A estrenar!

Un hombre entrado en años se detuvo y lo cogió. Lo abrió con curiosidad y, al ver el contenido, se lo devolvió de inmediato a Camilo.

—Pero si es un libro de niños —protestó.

—Para sus hijos, señor.

—No tengo hijos.

—Para sus nietos, señor.

—Si no tengo hijos, ¿cómo voy a tener nietos?

A Andrés le hizo gracia el comentario y comenzó a reírse. Camilo se molestó, pues pensaba que se reía de él. Se acercó a su lado, un poco cansado de ofrecer el libro a todo el mundo sin resultado.

—¿De que te ríes?

—Si no tiene hijos, ¿cómo va a tener nietos? —y Andrés no conseguía parar de reírse.

—Las chicas van a tener razón —le replicó Camilo—. Eres un bobo.

—Bobo tú.

Pasó una hora y Camilo no consiguió su propósito de vender el libro, a pesar de que

Andrés le echó una mano y también voceaba el título y repetía los reclamos del amigo.

Cansados, se sentaron en el suelo, en un lateral del vestíbulo, con la espalda apoyada contra la pared. Camilo dejó caer el libro al suelo con un gesto de desprecio.

—¡Bah! Un libro no sirve para nada.

—¿Qué piensas hacer con él? —le preguntó Andrés.

—Tirarlo al río.

—Los peces no leen.

—Pues que se pudra en el fondo.

—Podrías devolverlo a la biblioteca.

Camilo negó con la cabeza, insinuando que las palabras de su amigo eran una tontería.

—¿Acaso quieres que vuelva a la biblioteca y que le diga a Mar que, como no consigo vender el libro, se lo devuelvo?

A Andrés le llamó la atención que Camilo llamase por su nombre a la mujer que les había atendido junto a la entrada. Él tampoco lo había olvidado, pero nunca se le habría ocurrido llamarla por su nombre.

—Puedes entrar con el libro escondido y dejarlo donde estaba.

—No pienso hacerlo. Hazlo tú si quieres.

—A mí me pillarían.

—A mí también pueden pillarme.

—Tú no te pones nervioso.

—Porque soy mejor ladrón que tú.

—¡Yo no quiero ser ladrón!

—Haremos una banda de ladrones y...

—¡Que te calles!

Camilo se levantó y recogió el libro. Volvió a mirarlo pensativo y de repente pareció tener una idea. Le hizo un gesto a su amigo, que también se había levantado, incitándole a marcharse de allí.

—¿Se te ha ocurrido algo? —le preguntó enseguida Andrés.

—Iremos a comprar el aguardiente a la taberna de Rafael.

Y sin más, echó a andar. Andrés lo alcanzó al instante.

—¿Y con qué vas a pagar?

—Ahora lo verás.

La taberna de Rafael era una en las que Camilo solía comprar aguardiente para su padre. Se trataba de un local pequeño y bastante cochambroso, descarnado por fuera y mugriento por dentro. En él se amontonaban las cosas de manera caótica, produciendo una sensación de desorden difícil de explicar.

Aunque, sobre la puerta, en un cartel de madera y escrito a mano, ponía «taberna», en realidad allí se vendía de todo, desde comida enlatada hasta un par de zapatillas, una escoba o unos alicates, pasando, naturalmente, por aguardiente y otras bebidas.

Rafael, el dueño, era un personaje que hacía juego con su taberna. O quizá fuese al revés: su taberna hacia juego con él. Era desaliñado en el vestir y sucio, cosa que se percibía en un desagradable olor a corta distancia. Siempre despeinado y con barba de varios días. Sus profundas ojeras, sus constantes bostezos y un aire de estar en otro mundo le daban aspecto de un recién levantado de la cama. Su ropa tan arrugada también daba la sensación de que dormía vestido. Siempre mascaba alguna cosa: si no era chicle eran hojas de coca, o tabaco, o un simple trozo de madera. Los pocos dientes que le quedaban eran sencillamente repugnantes.

Cuando Rafael vio entrar a Camilo a su establecimiento, como si se tratase de un acto reflejo, se volvió hacia un estante abarrotado y sacó una botella de aguardiente. Apartó con la mano unos rollos de cable y la colocó sobre el mostrador.

—Hoy no traigo dinero —le avisó de inmediato Camilo.

Rafael empuñó la botella por el cuello, como si temiera que pudiese escapar.

—Pues si no hay dinero...

—Pero traigo esto —y Camilo colocó el libro sobre el mostrador, junto a la botella.

—¿Qué es esto? —preguntó extrañado el tabernero.

—¿No lo ves? Un libro.

—¿Y para qué quiero yo un libro?

—Para venderlo.

—Mi clientela no sabe leer.

—No es para ellos, es para sus hijos —continuó Camilo, echando mano de todas sus dotes de persuasión—. Míralo bien.

Rafael se metió un dedo en una de sus orejas y lo agitó con violencia. Daba la sensación de que con esos movimientos quería llegar con el dedo hasta el centro del cerebro. Luego, abrió el libro con indiferencia y pasó algunas hojas.

—Cualquiera de tus clientes comprará este libro —intervino Andrés, decidido a echar una mano a su amigo—. Ellos no saben leer, pero desean que sus hijos aprendan.

—¿Conoces a alguna persona que no quiera que sus hijos aprendan a leer? —apuntilló Camilo.

—Sin saber leer hoy en día no se va a ninguna parte —remachó Andrés.

Rafael volvió a mirar de reojo el libro, que permanecía sobre el mostrador, y luego a los muchachos. Le pareció que aquellos niños podían tener razón y que ese libro podía formar parte de su variopinta mercadería. Sería el primer libro de su tienda.

—¿Cuánto pides por él? —preguntó al fin.

Camilo no pudo disimular una sonrisa de satisfacción. Conocía a Rafael y sabía que había mordido el anzuelo. Ya no se echaría atrás. Empujó el libro hacia el tabernero y sostuvo con decisión la botella de aguardiente.

—Barato —dijo.

—Trato hecho.

Los chicos salieron con la botella a toda prisa, antes de que el tabernero se arrepintiese y diese marcha atrás al negocio.

Rafael tomó el libro con ambas manos y le pasó la manga de su camisa por la portada, como para darle lustre. Luego, buscó una ubicación para él, un lugar donde se le viese bien. Quizá sobre el saco de fríjoles, o sobre el sillín de la bicicleta, o podía atarlo con una cuerda de una de las vigas del techo, o hacerle sitio entre las pastillas de jabón. Por último, se fijó en el hueco que había dejado la botella de aguardiente, y allí lo colocó.

Camilo y Andrés ascendieron por el cerro de Santo Domingo Savio, como de costumbre: siguiendo la línea del metrocable, zigzagueando entre las casuchas, saltando de calle en calle, bordeando cercados y cruzando solares. Habían ido descubriendo poco a poco su propio camino, desde que aprendieron a andar.

Camilo se detuvo en una explanada, ya cerca de su casa, y se volvió hacia la ciudad.

—¿Quieres descansar? —le preguntó Andrés para picarlo, sabiendo que provocaría una reacción en él.

—¡No estoy cansado! —saltó de inmediato Camilo, molesto—. ¡Si quisiera, podría subir veinte veces seguidas esta cuesta!

Andrés se limitó a reír.

—Yo sé por qué te detienes —le dijo.

—¿Por qué?

—Porque te gusta mirar la ciudad desde aquí.

—¿Y qué pasa si me gusta? —Camilo seguía enojado.

—Nada. A mí también me parece muy bonita.

Los dos se quedaron mirando. La noche se había instalado por completo sobre el valle de Aburrá, donde la ciudad de Medellín hervía antes de quedarse dormida. Las luces se perdían hacia un lado y el otro: en lo más hondo se mezclaban, produciendo un fulgor irisado al que la contaminación cubría con un velo; por las laderas de los cerros, sin embargo, se dispersaban igual que ejércitos de luciérnagas en desbandada.

—¿Cuándo te gusta más, por el día o por la noche? —preguntó Camilo.

—No sé.

—Yo tampoco lo sé.

Permanecieron un rato en silencio, inmóviles, atrapados por la magia extraña de aquella ebullición. Desde lo alto podía verse un cielo limpio, cuajado de astros.

—¿Puede existir en el mundo una ciudad más bonita que Medellín?

—No sé.

—Yo tampoco lo sé, pero no creo.

—Podemos comprobarlo.

—¿Cómo?

—Viajando por el mundo.

Camilo, como de costumbre, iba a responder a su amigo que no tenía intención alguna de viajar por el mundo, ni de salir de Medellín y, en concreto, de su barrio de Santo Domingo Savio; sin embargo, las palabras no acudieron a su garganta y permaneció callado.

Reanudaron la marcha y, frente a su casa, se despidieron hasta el día siguiente.

Nada más abrir la puerta, Camilo oyó la voz de su padre, que le gritaba fuera de sí, que lo amenazaba. El niño se acercó a él y le mostró la botella. Luego, se la lanzó por el aire. El padre la cogió al vuelo, la abrió y bebió un largo trago. Se dejó caer sobre el sofá. A continuación, miró a su hijo y le señaló con el dedo.

—Te lo advierto, no vuelvas a arrojarme la botella así —lo amenazó—. Si llega a caerse y se rompe, te hubiese arrancado la piel a tiras.

7

Durmió profundamente aquella noche, aunque le costó algo de trabajo conciliar el sueño cuando se metió en la cama. Estuvo pensando cómo podría conseguir una carretilla para transportar los sacos de cemento que iba a robar del almacén. Sabía que contaría con la ayuda de Andrés, aunque fuese protestando e, incluso, llorando. El amigo no iba a fallarle en un momento así. Pero necesitaban una carretilla, y eso era un verdadero problema. Robar una carretilla era mucho más difícil que robar dos sacos de cemento.

Se despertó justo cuando comenzaba a amanecer, pero no porque las primeras luces se filtrasen por las rendijas de las ventanas, sino porque comenzó a oír fuertes voces. Al principio, pensó que aquellos gritos provenían del exterior, de la calle; era frecuente que en plena calle algunas personas se enzarzasen en discusiones e, incluso, comenzasen a chillarse, a insultarse y a amenazarse. Pero enseguida comprobó que las voces eran cercanas, mucho más cercanas.

Camilo se levantó de la cama y descubrió lo que había pasado. Su padre le había quitado el monedero a su madre y se había quedado todo el dinero que había dentro. Pero, no conforme, gritaba para que le diese más. Ella, entre sollozos, amamantando al bebé, le repetía una y otra vez que no tenía más.

Camilo sintió miedo, mucho miedo. Sabía que cuando su padre se encontraba en aquel estado era capaz de cualquier cosa. Se acercó sigilosamente hacia su madre y, sin abrir la boca, se colocó a su lado. Sólo cuando vio a su padre alzar el brazo amenazante, avanzó un paso y trató de protegerla.

El golpe le impactó de lleno en el ojo. Sintió un dolor intenso y por un instante llegó a pensar que no volvería a ver jamás por aquel ojo.

—¡Quita de en medio, desgraciado! —le gritó el padre, fuera de sí.

La madre lanzó un grito de desesperación y luego le escupió una maldición. El padre masculló unas palabras ininteligibles, se guardó todo el dinero en un bolsillo del pantalón y salió apresuradamente de casa, dando un portazo.

Camilo se quedó mirando fijamente a su madre. Ella se acomodaba al bebé para que siguiese mamando de sus pechos. Con esfuerzo, se tragó unas lágrimas que afluían a sus ojos.

—¡No! ¡No volveré a llorar nunca más! —exclamó con rabia—. ¡Nunca más!

—Yo conseguiré dinero —le dijo Camilo.

—No te preocupes, hijo. Sólo se ha llevado la calderilla.

La madre apartó al bebé y con la mano que le quedaba libre alzó ligeramente su pecho para que Camilo pudiese ver unos billetes que tenía escondidos en el sujetador. Luego, intentó dibujar en su rostro una sonrisa, pero no lo consiguió.

—¿Te ha hecho daño? —preguntó a continuación.

—No —mintió Camilo.

—Ponte hielo. Se te está hinchando.

—No importa.

—Lo envuelves en un trapo y lo aprietas contra el ojo.

—No importa.

Pero Camilo hizo caso a su madre. Buscó un trozo de hielo en la nevera y lo envolvió en un trapo. Cuando se lo puso directamente sobre el ojo tuvo la sensación de que le quemaba, pero enseguida notó un gran alivio. Se miró en el espejo del cuarto de aseo. La cara se le estaba desfigurando y el ojo ya aparecía hinchado y enrojecido. Se tapó con una mano el ojo bueno y comprobó que veía perfectamente por el otro, a pesar del golpe.

—Al menos no me quedaré tuerto —se consoló un poco.

Salió del aseo porque su madre comenzó a aporrear la puerta. Necesitaba lavarse para ir a trabajar. Tenía el tiempo justo para dejar al bebé y llegar al trabajo.

Antes de salir de casa estuvo mirando un rato la fotografía que había sobre el televisor.

Últimamente, cuando la miraba, sólo veía una cosa: a su tío Camilo. No veía el marco, ni tampoco veía a sus padres, que estaban en un lateral cogidos del brazo; ni siquiera veía al niño pequeño que su tío sostenía en brazos, y que era él mismo. Sólo veía a su tío Camilo, el rostro de su tío Camilo. La sonrisa enorme de su tío Camilo. Le hizo una pregunta:

—Tío, ¿es posible que una ciudad entera se vuelva loca?

Cuando salió de casa, Andrés ya lo estaba esperando, sentado en el suelo, con la espalda apoyada contra la tapia de la chatarrería. Comía una arepa* de chicharrón.

—¿Quieres un poco? —le ofreció, y sin aguardar la respuesta partió el trozo que le quedaba por la mitad.

—Está muy sabrosa.

Mientras comían, Andrés no dejaba de mirar a su amigo, y su vista no se apartaba de su ojo tumefacto. No le preguntó por la

---

* Pan de forma circular hecho con harina de maíz que se cocina sobre una plancha.

causa de aquella hinchazón. No le hacía falta preguntar esas cosas tan obvias. Un día le pasaba a Camilo y otro día podía pasarle a él. No tenía ganas de fastidiar más con preguntas tan tontas. Pero le preocupaba que los párpados estuvieran tan abultados y casi le mantuviesen el ojo cerrado.

—Dicen que el hielo va bien —le comentó en voz baja.

—Ya me lo puse un rato.

—A los futbolistas, cuando les dan una patada, les ponen hielo.

—Lo sé.

—¿Te duele mucho?

—No.

De nuevo, vagaron por el barrio: arriba, abajo, a un lado, a otro... Y vuelta a empezar. De vez en cuando se detenían y miraban cualquier cosa. Estaban al tanto de todo lo que se hacía: una nueva casa, la pavimentación de una calle, el parcheo de un tejado.

—¿Tú crees que alguien conocerá este barrio mejor que nosotros? —preguntó Andrés.

—No.

—Eso pienso yo.

—Como mucho, igual. Pero mejor es imposible.

—Yo creo que ni siquiera igual.

—Yo también lo creo.

Camilo poco a poco se fue animando. Y si al principio se mostraba más ensimismado y retraído que de costumbre, enseguida comenzó a seguir la conversación con el amigo. Lo reconocían ambos: eran charlatanes, sobre todo cuando estaban juntos. A veces hasta se quitaban la palabra.

—Vamos a bajar hasta...

—Vamos a subir hasta...

—Bajamos.

—Subimos.

—Primero bajamos y después subimos.

—Primero subimos y después bajamos.

—Lo echaremos a suertes.

Subieron hasta los peñascos que sobresalían entre los matorrales, islotes arrogantes allá donde los límites del barrio parecían diluirse, tragados por un frondoso mar de verdor y de espesura, y donde la pendiente se empinaba buscando casi la línea vertical.

—Mi padre dice que aquí no son capaces de llegar ni los gallinazos volando —comentó Andrés.

—Pues nosotros sí llegamos.

Los rayos casi verticales del sol ya habían calentado un poco las piedras. Se sentaron un rato en silencio. Les pasaba a menudo, a pesar de lo charlatanes que eran: cuando se sentaban a contemplar el valle en su inmensidad, solían quedarse sin palabras, ensimismados, pensando en sus cosas.

Cuando se cansaron de estar sentados sobre las piedras, descendieron a la carrera. Hasta llegar a las primeras casas, saltaban entre los matorrales, sin tener en cuenta los caminos; luego enfilaban como locos los pronunciados desniveles de las calles, igual que si los estuviera persiguiendo un fantasma.

Se detuvieron para recuperar el aliento en una plazuela llena de casas ruinosas. Vieron una lata oxidada en el suelo y comenzaron a apedrearla. La lata saltaba de un lado a otro, ejecutando una extraña danza. Pero a Camilo se le escapó una piedra y rompió un cristal de una ventana.

—¡Hijueputas! —se oyó gritar en el interior.

Y volvieron a correr, más deprisa aun, más alocadamente, cruzando las calles sin preocuparse del tráfico. Un taxi tuvo que frenar en seco para no llevárselos por delante.

—¡Hijueputas! —gritó el taxista, sacando medio cuerpo por la ventanilla.

Pero ellos no paraban. No podían parar. En el fondo, les gustaba correr de esa manera, sentir cómo sus corazones se desbocaban dentro de sus pechos, cómo se iban empapando poco a poco de sudor.

Unos obreros estaban extendiendo una capa de cemento sobre una acera, para tapar un gran agujero. No pudieron esquivarlos y dejaron las huellas de sus zapatos sobre aquella capa, que acababan de alisar.

—¡Hijueputas!

Sólo se detuvieron al llegar al río, a mitad del puente. Se acodaron sobre la barandilla y respiraron al unísono, con la boca abierta. Sus pulmones les pedían más y más aire. Poco a poco, se fueron recuperando y los latidos de sus corazones dejaron de martillear en sus sienes.

Se miraron y se sonrieron. Luego, observaron la corriente del río; el agua estaba opaca de puro turbia, enfangada, espesa. Un par de vagabundos dormitaban en la orilla, cubiertos de andrajos y plásticos.

—No me gustaría dormir ahí —les señaló Andrés con el brazo.

—Si viene una crecida se los lleva por delante.

—Ya ha pasado algunas veces.

Caminaron durante un rato en torno a la estación de metro. También les gustaba observar cómo la gente entraba y salía de la estación. Parecía como si se tratase de otro río, una corriente humana en dos direcciones. Y había horas en las que llegaba también una crecida, pues el número de personas aumentaba sin cesar. Eran tantas que hasta tenían que hacer filas para entrar con un poco de orden en los andenes.

No lejos de allí, escucharon una voz que los llamaba. Se volvieron y descubrieron a Rafael, el tabernero. Estaba cargando el remolque de una vieja motocicleta. Lo primero que pensó Camilo fue que pretendía devolverles el libro. Pero si lo hacía, él no podría hacer lo mismo con la botella de aguardiente.

Rafael les hizo un gesto para que se acercasen. Cuando los tuvo al lado, les dedicó una sonrisa de oreja a oreja que dejó al

descubierto el desastre de su boca. Luego, se fijó en el rostro de Camilo.

—¿Ya te has puesto hielo en esa hinchazón? —le preguntó.

—Sí.

—Vendí el libro —continuó el tabernero, indiferente ya al ojo del niño.

Camilo y Andrés se miraron al unísono sorprendidos.

—¿A quién?

—A un viejo que viene todas las tardes a tomarse unas copas a mi taberna.

—¿A un viejo? —se extrañó Camilo.

—Sí, le enseñé el libro y le expliqué lo que vosotros me habíais dicho antes a mí, eso de que sin saber leer hoy en día no se va a ninguna parte. Y lo compró.

—¿Va a aprender a leer a su edad? —se extrañó Andrés.

—Lo compró para sus nietos.

Rafael comenzó a colocar las cajas que ya había cargado en el remolque y pareció no prestarles más atención. Camilo y Andrés se dieron la vuelta y se alejaron. Pero no habían andado ni diez metros cuando la voz del tabernero les hizo detenerse de nuevo.

—¿Tenéis más libros? —les preguntó—. Si me traéis más como aquél, os los compro.

Camilo no pudo evitar que una sonrisa se reflejase en su rostro.

—Esta tarde te traeré otro —le dijo—. Pero esta vez te costará dos botellas de aguardiente.

—¡Eh, eh! —protestó el tabernero.

Camilo dio un codazo a Andrés y ambos echaron a correr. Ahora tocaba subir.

Bajar, subir... Volver a bajar, volver a subir...

Sin detenerse, Andrés le preguntó:

—¿No estarás pensando en robar otro libro de la biblioteca?

—Sí.

—¡No!

—Te acabo de decir que sí.

Andrés se detuvo en seco y Camilo lo imitó. Negaba con la cabeza y, enrabietado, daba patadas al suelo, como si quisiera deliberadamente destrozarse los zapatos.

—¡No iré contigo a robar!

Camilo se acercó a él y le puso una mano en el hombro.

—Vamos.

Andrés se limpió el sudor de la frente con la manga de su camisa. Miró al amigo.

—¿Te duele el ojo?

—No.

—¿Y ves algo por él?

—Poco. Se me está cerrando.

8

Decidieron no ir a la biblioteca hasta después de almorzar, aunque llegaron mucho antes que el día anterior. El ambiente de la sala de lectura era más tranquilo, pues la mayoría de los niños aún no habían salido de la escuela. Eso les hizo retraerse un poco y estuvieron a punto de dar marcha atrás y regresar más tarde. Pero Mar ya les había visto y, a pesar de la distancia, les había dedicado una sonrisa de bienvenida. Por eso, aunque un poco titubeantes, se acercaron hacia la entrada.

La bibliotecaria perdió la sonrisa en cuanto se fijó en la cara de Camilo.

—¿Qué te ha ocurrido?

—Nada.

—Por nada no se te pone un ojo así.

—Me caí trepando por una peña.

—¿Seguro?

—Sí, se cayó —intervino Andrés para echar un cable al amigo—. Íbamos juntos, pero él tuvo la mala suerte de resbalar.

Mar llamó a una compañera y le dijo que se quedase en su puesto. Luego, cogió de la mano a Camilo y lo condujo por el pasillo. Andrés los siguió.

Camilo pensaba que Mar había descubierto el robo del libro y que lo iba a denunciar a los guardias de seguridad del edificio. Lo más lógico sería soltarse de un tirón de su mano y echar a correr. Andrés le seguiría de inmediato. Eran rápidos. Tendrían muchas posibilidades de escapar.

Sin embargo, no se soltó.

Mar abrió una puerta que daba a un cuarto no muy grande. Le hizo pasar en primer lugar y le indicó una silla para que se sentase. No sabía por qué, pero Camilo obedecía sin rechistar. A continuación, ella abrió un armario de color blanco, en cuyo frente, sobre una cruz roja, había escrita una sola palabra: «Botiquín». Sacó un tubo de pomada y lo abrió. Se lo acercó a la cara y lo apretó para que saliera un poco. Luego, con una gasa, se lo fue extendiendo por la zona que tenía hinchada y que estaba empezando a oscurecerse.

—Esto te aliviará.

Mar iba a devolver el tubo de pomada al armario, pero cambió de opinión y se lo entregó a Camilo.

—Guárdalo. Esta noche te pones otro poco, y mañana cuando te levantes. ¿De acuerdo?

—Sí —y Camilo se guardó en un bolsillo el tubo de pomada.

—Y ahora ya podéis pasar a la sala de lectura, ¿o tenéis otros planes?

Entraron en la sala y buscaron una mesa vacía, la más alejada de la entrada, donde tenía su puesto Mar. No querían sentirse observados. Sacaron algunos libros de las estanterías y comenzaron a hojearlos.

—¿Crees que tardarán mucho en llegar las chicas? —preguntó Camilo.

—No creo.

—Nos iremos antes de que lleguen.

Entonces Camilo apartó uno de los libros. Era un libro con una encuadernación muy buena y con una cubierta preciosa, llena de colores. Por dentro, estaba lleno de ilustraciones, también en color.

—¿Qué vas a hacer con ese libro? —le preguntó de inmediato Andrés.

—Tú deja los otros en la estantería.

—No lo haré.

—Vamos, no pierdas tiempo.

—Te he dicho que no lo haré.

Pero, como de costumbre, Andrés le obedeció. Le daba mucha rabia actuar así. Si algo no quería en la vida era ser un ladrón, como su padre, que se pasaba largas temporadas en la cárcel. Eso lo tenía claro. Pero también tenía claro que jamás dejaría solo a su amigo. No lo dejaría solo por nada del mundo.

Mientras Andrés colocaba los libros en la estantería, Camilo se guardó el que había apartado. Como el día anterior, lo ocultó bajo su camisa, pillado por la cinturilla del pantalón. De inmediato, se puso de pie para que el vuelo de la camisa lo disimulase. Caminó al encuentro del amigo.

—¿Cuándo vas a enterarte de que yo no quiero ser un ladrón? —le dijo Andrés entre dientes, para que nadie pudiera oírlo.

—Vámonos ya.

—Nos pillarán.

Decididos, caminaron hacia la salida. Al verlos, Mar dejó lo que estaba haciendo y les salió al paso.

—¿Ya os vais?

—Sí —respondió Camilo.

—¿Tenéis otras cosas que hacer?

—Sí.

—Si mañana me traéis las dos fotografías os puedo hacer el carné para que saquéis libros y podáis leerlos en casa.

—Sí.

—Pues... hasta mañana.

Y los dos niños, visiblemente nerviosos, reanudaron la marcha, salieron de la sala de lectura y, después, del edificio.

Ya en la calle, lejos de la biblioteca, se sentaron en el bordillo de una acera. Camilo sacó el libro y lo miró con curiosidad.

—Es un buen libro —comentó.

—¿Cómo lo sabes, si no lo has leído?

—No hace falta leerlo. Se ve. Mira, toca el papel y verás qué suave.

—Es tan suave como nuestra piel después de llenarnos de barro —bromeó Andrés.

—Eres bobo.

—Tú eres más bobo todavía.

—Le pediré dos botellas de aguardiente a Rafael.

—Te las dará.

Camilo arrancó la ficha de préstamo, pegada en el interior de la solapa y luego comenzó a quitar con cuidado el tejuelo. No quería que el libro sufriera el menor daño. Andrés lo sujetaba con las dos manos y él, cuidadosamente, iba despegando la cinta adhesiva. Estaban tan concentrados en aquel trabajo que no se dieron cuenta de la llegada de las chicas.

—¿Qué hacéis? —preguntó Manuela.

Los dos se sobresaltaron y el libro a punto estuvo de caérseles al suelo.

—¡No os importa! —replicó Camilo, molesto por su presencia.

—Ese libro lo habéis robado en la biblioteca —dijo María de inmediato, señalándolo insistentemente con su mano.

Negarlo hubiera sido absurdo, por eso Camilo lo asumió de inmediato. Se puso de

pie y, adoptando un gesto de arrogancia, se enfrentó a las chicas.

—Sí, lo he robado, ¿y qué? Como se os ocurra delatarnos, os arrepentiréis.

—¡Ladrones! —les espetó Manuela.

—¡Yo no soy un ladrón! —se rebeló Andrés.

—¡Seguro que tú le ayudaste a robarlo! —añadió Feli en el mismo tono.

—¡Lo sois los dos! —remachó Esperanza.

—¡Sí, lo somos! —intervino Camilo con seguridad—. Vamos a formar una banda de ladrones que se hará famosa en todo el barrio, y luego en Medellín, y después en el mundo entero. Y nosotros seremos los jefes. Bueno, yo un poco más jefe que él.

María cambió el gesto de su cara. Había algo que no conseguía entender.

—¿Y cómo habéis conseguido salvar el detector? —les preguntó.

—¿Qué detector? —preguntó a su vez Camilo, sorprendido.

—Hay un detector en la sala de lectura, justo por donde entramos y salimos.

—Allí es donde está Mar.

—Y allí también se encuentra el detector. Si alguien pretende sacar un libro sin autorización, comienza a sonar un timbre y se enciende una luz roja.

Camilo y Andrés se miraron. No entendían nada. Se preguntaban si María les decía la verdad o les estaba tomando el pelo.

—¿Seguro que existe ese detector? —insistió Andrés.

—Segurísimo —respondieron las cuatro a la vez.

Finalmente, las chicas les prometieron que no los delatarían y que actuarían como si no supieran nada. Cuando ya se alejaban en dirección a la biblioteca, Manuela se volvió y le preguntó a Camilo:

—¿Qué te ha pasado en el ojo?

—Nada.

—Yo sé lo que te ha pasado, pero tampoco se lo diré a nadie.

Con el libro, descendieron hacia el río, hacia la estación, hacia la taberna de Rafael.

Bajar, subir... Volver a bajar, volver a subir...

—Podíamos contar las veces que bajamos y subimos cada día.

—¿Para qué?

—No sé.

—Y si no lo sabes, ¿para qué vamos a contarlas?

—Tú también haces muchas cosas sin saber por qué las haces.

—Bueno, si quieres las contamos.

—Ya no quiero.

—Eres un bobo.

—Tú sí que eres un bobo.

Había dos hombres en la taberna de Rafael, por eso decidieron esperar. Preferían arreglar el asunto a solas con el tabernero, sin testigos que pudieran complicar el trato. Se sentaron en el escalón del portal de una casa.

—¿Por cuánto dinero crees que habrá vendido Rafael el libro?

—No lo sé, pero seguro que por mucho más de lo que vale una botella de aguardiente.

—Eso seguro.

—También tiene que mirar por su negocio.

—Es lo normal.

Cuando la taberna se quedó vacía, se levantaron y entraron a toda prisa. Sin mediar palabra, se acercaron al mostrador y colocaron el libro sobre él. Rafael fingió un gesto de sorpresa y les sonrió. Luego, abrió el libro y pasó algunas hojas.

—Tiene unas páginas muy suaves.

—Y unos dibujos muy bonitos.

El tabernero pasó sus sucias manos por las hojas del libro y asintió con la cabeza. Luego, lo cerró y, sin decir más, se volvió a la estantería y cogió una botella de aguardiente.

—Este libro vale dos botellas —le dijo de inmediato Camilo.

—¡Te has vuelto loco! —bramó el tabernero—. ¡No te daré dos botellas!

—Este libro es mucho mejor que el que trajo ayer —intervino Andrés—. No sólo por lo suaves que son sus páginas, sino por lo que dice.

—¿Y qué dice?

—Cosas muy interesantes.

Rafael negó con la cabeza reiteradamente.

—Sólo una botella —insistió.

—No hay trato.

Resuelto, Camilo agarró el libro, hizo una seña al amigo y ambos se dirigieron a la salida. Estaban a punto de franquear la puerta cuando la voz del tabernero los detuvo.

—¡Dos botellas! —aceptó finalmente.

Camilo apretó los puños y los labios en señal de triunfo.

9

Al día siguiente, Camilo y Andrés se mostraban confundidos e indecisos. Desde que las chicas les habían informado de que en la sala de lectura había un detector para evitar que se robasen libros, no hacían más que darle vueltas y más vueltas al asunto. Si eso era cierto, no entendían cómo ellos habían podido burlar ese detector en dos ocasiones, y además sin proponérselo.

—Yo creo que es mentira.

—Yo creo que es verdad.

—Las chicas lo han dicho para asustarnos. No quieren que robemos y se han inventado esa bola.

—Pues yo creo que hablaban en serio.

—Y entonces ¿por qué no funcionó el detector? ¿Por qué no comenzó a sonar el timbre ni se encendió la luz roja?

Andrés se encogió de hombros. Él tampoco era capaz de encontrar respuesta a esas preguntas.

—Quizá esté estropeado —dijo al fin.

—Sí, podría ser —dudó por un instante Camilo.

—Esos aparatos se estropean mucho.

—¿Y tú cómo lo sabes, si no entiendes nada de esos aparatos?

—Lo he oído decir.

Camilo hizo un gesto despectivo, rechazando los argumentos con que el amigo pretendía convencerlo.

—¡Bah! Sólo quieres contarme otra bola.

—Lo digo en serio.

—Pues yo creo que las chicas se lo han inventado todo.

—Pues yo creo que dicen la verdad.

Andrés no parecía darse por vencido y volvía a insistir, así que Camilo cambió de postura.

—Pues si está estropeado, debemos aprovecharnos —dijo de pronto.

—No estarás pensando en volver a...

—Pues claro.

—¡Estás loco! Quizá ya lo hayan arreglado.

—O quizá no.

—¿Cómo saberlo?

—Se lo podemos preguntar a Mar.

—Sí, definitivamente, estás loco.

Pasearon como de costumbre pero, en contra de lo que hacían en otras ocasiones, sus pasos no se distanciaron mucho de la zona donde estaba enclavado el Parque Biblioteca, y casi en ningún momento lo perdieron de vista. Tenían la sensación de que aquel gigante ceniciento y rugoso ejercía sobre ellos el efecto de un poderoso imán y, aunque lo intentaban, no se libraban de su campo magnético.

Así se les pasó la mañana entera y así continuaron al comienzo de la tarde. No subieron hasta la cresta de la montaña, ni bajaron hasta el cauce del río; sólo daban vueltas y más vueltas. Y a veces se sentaban un rato junto a uno de los gigantescos pilares del metrocable y se quedaban mirando las cabinas sin dejar de hablar.

—No existe ese detector.

—Sí existe.

—Y si existe, estoy seguro de que hoy tampoco funcionará.

—¿Cómo puedes saberlo?

Camilo se encogió de hombros. Le daba igual lo que pudiera pensar su amigo. Ya había tomado una determinación.

—Pienso entrar y robar otro libro —dijo, con la vista clavada en una de las cabinas del metrocable, que pasaba en esos momentos sobre sus cabezas—. Es fácil.

—No lo entiendo —Andrés negó con la cabeza—. Hace sólo unos días no querías ni aproximarte al edificio de la biblioteca. Y ahora no sólo pasas al interior, sino que robas los libros. ¿Cómo se te quitó el miedo tan rápidamente?

—No se me quitó —reconoció Camilo.

—¿No? —se extrañó Andrés.

—Cuando estoy en esa sala llena de libros me tiemblan las piernas, me sudan las manos y el corazón me late más deprisa.

—Entonces no lo hagas.

—Tengo que hacerlo.

—¿Por qué?

—Si no le llevo aguardiente a mi padre no podré dormir en mi casa esta noche, en mi cama. Antes me daba dinero para comprarlo, pero ahora dice que ya tengo edad para conseguirlo yo solo.

Andrés no tuvo réplica para eso.

Entraron antes de que las chicas llegasen, pues los dos reconocieron que con ellas delante sería mucho más complicado robar un libro. No podían dejar de experimentar una sensación distinta a la de los días anteriores. Ya conocían el sitio, pero ahora lo escudriñaban todo como si fuera la primera vez. Miraban por los rincones, por los techos, por las puertas y hasta por las papeleras. Parecía que buscaban cámaras ocultas, micrófonos escondidos, detectores de libros robados o, simplemente, detectores de ladrones.

Y así llegaron hasta la sala de lectura. Observaron el espacio que servía de entrada y salida para los usuarios y, por primera vez, se dieron cuenta de que, incrustado en uno de los muebles de madera, había un extraño aparato de metal, rematado en su parte superior con una pieza de cristal oscuro.

Andrés le dio un codazo a Camilo.

—¡El detector!

—¡Calla!

Mar, en cuanto los vio, se levantó y dejó las tareas que estaba haciendo. Rodeó su mesa y salió a recibirlos. Como de costumbre, una sonrisa, remachada con *brackets,* adornaba su rostro.

—Adelante —les dijo, invitándolos a entrar con un gesto de sus brazos—. ¿Habéis traído hoy las fotografías?

—No.

—Ya sabéis: con ellas os haré el carné para que podáis sacar libros. ¿No os gustaría?

—Sí.

Se agachó ligeramente para mirar de cerca el ojo de Camilo, incluso lo agarró por la barbilla para moverle un poco la cara hacia la luz. El niño sintió el contacto de su mano cálida. Tenía una piel muy suave, lo que le hizo pensar que también ella metía las manos de vez en cuando en el barro de Medellín.

—Está mejor, aunque se te está poniendo morado —le dijo limpiándole con una gasa.

—Sí.

—¿Te aplicaste la pomada?

—Sí.

—Sigue haciéndolo un par de días más.

—Sí.

Como no los vio muy animados a conversar, Mar se encogió de hombros y luego abrió los brazos en dirección a la sala, invitándoles a que se movieran a su antojo por ella.

Se sentaron en la misma mesa que el día anterior y, siguiendo idéntica estrategia, cogieron unos cuantos libros de los estantes y comenzaron a hojearlos. Enseguida, Camilo apartó uno de ellos, de vistosos colores y con pastas rígidas.

—Creo que hoy no debemos hacerlo —dijo Andrés, visiblemente preocupado.

—¿Por qué?

—Tú mismo has podido ver ese detector. Sonará un timbre y se encenderá una luz roja. Todos los vigilantes se nos echarán encima.

—No funciona.

—¿Cómo puedes saberlo?

—Porque no funcionó ayer ni anteayer.

—Quizá lo hayan arreglado esta mañana.

Antes de que su amigo continuase poniéndole pegas, Camilo tomó el libro con decisión, miró un instante a su alrededor y se lo escondió debajo de la camisa, sujeto por la cinturilla elástica del pantalón. Andrés se mordía las uñas.

—¿Qué nos harán si nos pillan?

—No nos pillarán.

—Yo no quiero ir a la cárcel.

—Si suena ese timbre y se enciende la luz roja, tiramos el libro y empezamos a correr. Somos muy rápidos, recuerda. Ninguno de esos vigilantes podrá alcanzarnos.

—Pero a lo mejor se cierran las puertas cuando empiece a sonar ese timbre y no podemos salir.

—¿Por qué van a cerrarse?

—El detector puede estar conectado con las puertas.

—Pues correremos más deprisa, para que nos dé tiempo a salir antes de que se cierren.

—No nos dará tiempo.

Cuando a Andrés le daba por poner pegas, no había en el mundo quien lo superase. Camilo lo sabía y, entonces, procuraba zanjar el asunto sin contemplaciones, pues de lo contrario podían pasarse horas discutiendo. Por eso, se puso de pie decidido.

—Vámonos —y se encaminó derecho hacia la salida.

Y a medida que avanzaban, los dos comenzaron a sentir que el nerviosismo volvía a apoderarse de ellos. No era el nerviosismo del primer día, ni del segundo. Era mucho mayor. Era el nerviosismo de saber que iban a pasar por delante de un detector, que podría descubrirlos y dar la voz de alarma.

Mar parecía muy ocupada en esos momentos, pues no paraba de escribir en un ordenador, que casi había sido engullido por una verdadera montaña de libros. Camilo le hizo una señal a Andrés para que acelerase el paso. Sería mejor salir sin que ella se diese cuenta.

Cuando pasaron ante el aparato metálico de la salida contuvieron la respiración y cerraron los ojos. Y cuando los volvieron a abrir se vieron fuera de la sala de lectura. Ningún timbre había sonado ni ninguna luz roja se había encendido. Expulsaron de golpe todo el aire que sus pulmones habían contenido. Estaban a salvo.

Pero en ese momento escucharon la voz de Mar.

—¿Ya os vais? —les preguntó.

Los dos se volvieron muy despacio. Se había levantado y los miraba con su sonrisa de siempre, metálica y brillante. Se había colocado justo al lado del detector.

—¿Tenéis cosas que hacer? —volvió a preguntarles.

—Sí —respondió Andrés.

Entonces Mar señaló con su dedo índice a Camilo y le hizo señas para que se acercase. El niño la obedeció titubeante. Ella miró a un lado y a otro, y cuando se cercioró de que nadie los observaba, metió su mano por debajo de la camisa de Camilo y sacó el libro. Andrés se acercó al amigo y se colocó hombro con hombro. No pensaba dejarlo solo nunca, y menos en situaciones como aquélla. Si a Camilo lo metían en la cárcel, se resignaría e iría con él.

Mar contempló el libro y frunció la cara, haciendo un gesto de desagrado.

—Es muy aburrido —dijo.

Dejó el libro sobre el montón y buscó otro. Le echó un vistazo y afirmó con la cabeza un par de veces, en señal de aprobación. Luego, volvió a mirar a su alrededor y, por último, levantó la camisa a Camilo y le ocultó el libro bajo los faldones.

—Éste te gustará mucho más.

Camilo se sentía incapaz de articular una sola palabra. Tenía la sensación de que había perdido el habla y no la recuperaría jamás. Miraba fijamente a Mar, atrapado por sus ojos de miel oscura, y permanecía inmóvil, como una estatua.

Fue Andrés quien reaccionó. Señaló el aparato metálico y preguntó:

—¿Eso es el detector?

—Sí —respondió Mar.

—¿Y por qué no ha sonado el timbre ni se ha encendido la luz roja?

—Soy la dueña del detector —respondió Mar—. Sólo funciona cuando yo quiero.

Mar les guiñó un ojo con dificultad, pues nunca había aprendido a guiñar un ojo, y volvió a su mesa. En unos segundos estaba de nuevo enfrascada con el ordenador.

Camilo y Andrés recuperaron las fuerzas suficientes para reanudar la marcha y salir de la biblioteca. La abandonaron despacio, mucho más desconcertados que cuando entraron. De vez en cuando se miraban de reojo, pero ninguno encontraba las palabras con las que iniciar una nueva conversación. Y así, extrañamente mudos, comenzaron a caminar sin rumbo por el barrio.

10

Vagabundearon como de costumbre por las laderas de Santo Domingo Savio, en las que, a pesar de su apariencia endeble, se había ido afianzando con los años el barrio entero. La mayoría de las casas mostraban al descubierto los toscos y desiguales ladrillos con que habían sido levantadas, lo que les daba un aspecto de desnudez extrema y turbadora. Aunque carecían de cimientos sólidos, daba la sensación de que hubiesen echado raíces invisibles, muy profundas, poderosas, que se iban hundiendo en la tierra, enroscándose, formando un tupido entramado con las entrañas de la cordillera.

Aquel laberinto no sólo era su barrio, sino todo su mundo. Un mundo con límites precisos: el río, por un lado, allá, en el fondo del valle, oculto, casi invisible; por otro lado, las crestas de la montaña, que parecían dibujadas en el mismísimo cielo; y en los extremos, quebradas y barrancos que las avalanchas de agua obligaban a respetar. En ese espacio, pequeño y grande a la vez, donde la vida bullía como una gigantesca caldera hirviente, había transcurrido toda su existencia, y les costaba mucho trabajo imaginarse una vida fuera de aquel lugar.

A Camilo y Andrés les sorprendía permanecer tanto tiempo en silencio. No estaban acostumbrados. Era cierto que no necesitaban decirse nada para saber lo que pasaba por sus respectivas cabezas. Habían sido inseparables durante los diez años de su vida, desde que nacieron con tan sólo dos días de diferencia. Sus madres eran amigas, aunque últimamente sus circunstancias personales las hubiesen distanciado un poco, y solían pasear juntas cuando estaban embarazadas. Les contaron que les gustaba chocar sus enormes barrigas para que ellos pudieran saludarse, incluso antes de nacer. Y cuando vinieron al mundo, algunas veces una de ellas cargaba con los dos bebés en brazos y, si llegaba la hora de comer, los amamantaba a ambos. Habían compartido hasta la leche materna.

Se sentaron sobre una barbacana que rodeaba parte de una plazuela, con las piernas colgando. A sus pies, una torrentera embarrada y sucia buscaba el camino más corto para desplomarse ladera abajo.

Camilo siguió con la mirada el curso del valle, hacia el oeste, y observó unas nubes que se arracimaban sobre las cumbres más lejanas.

—Habrá tormenta esta noche —habló al fin.

—A lo mejor pasa de largo.

Y los dos se sintieron aliviados, libres del silencio que ya los atenazaba. Respiraron profundamente a la vez, se miraron y sonrieron. Y en ese momento las palabras volvieron a fluir con naturalidad.

—Con tanto silencio, habrás tenido mucho tiempo para pensar —le dijo Andrés.

—Y tú también —replicó de inmediato Camilo.

—¿Y en qué pensabas?

—En mi vida.

—¿En tu vida? —preguntó Andrés, con la intención de que Camilo le contase algo más.

—Sí, me gusta pensar en mi vida, aunque siempre aparecen las mismas cosas en ella: nuestro barrio, mi casa cubierta de barro, las lágrimas de mi madre, la foto de mi tío, el olor del bebé... Y tú.

—¿Yo aparezco también en tu vida?

—Pues claro.

—¿Y no aparece tu padre?

—De él prefiero no hablar.

—Te entiendo.

Camilo se quedó mirando fijamente al amigo, con el propósito de decirle algo más, pero sin atreverse. Finalmente, arrancó:

—Hoy también apareció otra persona.

—¿Quién?

—Mar.

—¿Y por qué?

—¡Yo qué sé! ¡Y no hagas tantas preguntas!

Saltaron de la barbacana y continuaron caminando, incansables. Andrés se dejaba llevar, sin hacer intención en ningún momento de dirigir sus pasos en una u otra dirección; se limitaba a caminar al lado de su amigo y esperaba que fuera él quien tomase una decisión. Una pregunta no dejaba de rondar por su cabeza: ¿qué haría con el libro? Como no quería preguntárselo directamente, pensaba descubrirlo de una manera muy simple: dejándose llevar. Si Camilo se decidía a bajar hacia la estación de Acevedo estaba claro que pretendía venderlo en la taberna de Rafael, como había hecho con los anteriores.

Pero la actitud de Camilo le desconcertaba por completo, pues ni bajaba ni subía. Se había quedado en una zona intermedia del barrio y prácticamente estaban dando vueltas y más vueltas por los mismos lugares. Por eso, llegó un momento en que Andrés no pudo aguantar más la indecisión.

—¿Qué vas a hacer con el libro? —le preguntó abiertamente.

Camilo no contestó de inmediato, lo que revelaba a las claras que no lo había decidido aún. Además, la indecisión se le notaba incluso en su propio rostro. Pero la pregunta de Andrés lo espoleó y, por eso, hizo un esfuerzo para responder, procurando aparentar seguridad:

—Se lo venderé a Rafael.

—Pero Mar sabe que...

—¡Qué me importa! —le cortó Camilo, decidido—. Ella también sabe que robé otros libros antes, y no me preguntó por ellos.

Andrés se quedó pensativo. Lo que decía Camilo era cierto. Estaba claro que Mar había hecho la vista gorda hasta el momento, pero eso no le garantizaba que siguiera haciéndola, sobre todo cuando ya les había demostrado que estaba al corriente de los robos.

La pregunta de Andrés parecía haber decidido por completo a Camilo, quien esta vez enfiló con decisión el camino descendente hacia la estación. Andrés se arrepintió de habérselo preguntado.

—Si vendes ese libro yo no volveré a la biblioteca —le advirtió seriamente al amigo.

—Yo tampoco volveré —se limitó a responder Camilo.

Estuvieron muy cerca de la taberna de Rafael, a menos de treinta metros. Vislumbraron incluso su cochambrosa fachada al final de una callejuela. Pero en ese punto, de repente, Camilo se detuvo en seco y se quedó inmóvil durante un rato. Andrés tuvo que tocarlo para comprobar si seguía siendo de carne y hueso o se había convertido en estatua.

—¿Qué te ocurre? —le preguntó.

—No venderé el libro —respondió Camilo, y sus palabras no ofrecían ninguna duda.

Dieron la vuelta y aceleraron el paso. Treparon una vez más por las empinadas calles hacia el corazón del barrio, hacia sus entrañas más recónditas. Camilo empezó a correr, ante el temor de arrepentirse de la decisión que acababa de tomar.

—¡No venderé el libro! —gritó con rabia.

Andrés sentía una gran satisfacción; pero le duró muy poco, como de costumbre. Le asaltaron algunos pensamientos terribles.

—¿Y cómo piensas conseguir la botella de aguardiente para tu padre?

—No podré conseguirla de ningún modo.

—¿Entonces...?

—Dormiré en la calle esta noche.

—Habrá tormenta.

—No me importa.

Andrés comenzó a sentir una angustia tremenda y lamentó haber querido influir en la decisión del amigo. Incluso, le entraron ganas de dar marcha atrás y rectificar. Sería mejor vender ese libro y conseguir una botella de aguardiente como fuese.

Entre los dos buscaron un sitio para que Camilo pudiera pasar la noche. Descartaron una caseta en ruinas, pues pensaron que sus muros podían derrumbarse en cualquier momento, y también los cobertizos de algunas casas, ya que preferían que nadie los viese.

Eligieron un pequeño solar entre dos viviendas que se había convertido en improvisado vertedero de escombros. Ellos mismos, con ladrillos rotos y desechos de obra, construyeron un pequeño refugio. Unas viejas placas de cinc les sirvieron de tejado. Las sujetaron con piedras de gran tamaño para que el viento, si se desataba la tormenta, no las volase.

Cuando terminaron la obra ya había anochecido. Pero, afortunadamente, a muy poca

distancia se hallaba una farola que ilumi-
naba la calle y eso les permitía no estar a
oscuras.

Camilo abrió el libro y lo hojeó con curiosidad. El papel no era tan suave como el de
los otros y tenía pocos dibujos, que además
carecían de color. No hubiese podido sacar-
le mucho a Rafael por aquel libro. Le llegaba luz suficiente para poder leer, pero el libro
tenía demasiadas letras y no invitaba preci-
samente a la lectura.

—Resistirá —dijo Andrés, dando una pal-
mada al tejado.

—Eso seguro —ratificó Camilo.

—Quizá debamos pensar en dedicarnos a
construir casas.

—Nunca me he llevado bien con los ladrillos.

—Pues no se nos da mal.

—Prefiero ser ladrón.

A Andrés le dieron ganas de lanzarse sobre
su amigo y abofetearlo hasta que entrase en
razón y se le quitase de la mollera esa idea
de querer ser ladrón. Pero se limitó a negar
con la cabeza, dando a entender que no tenía
remedio.

—Mañana nos vemos —le dijo a modo
de despedida.

Camilo asintió con un gesto.

—Si te encuentras a mi madre, dile que no se preocupe por mí.

—Se lo diré.

Camilo observó cómo se alejaba su amigo y luego se introdujo en aquel refugio. Se acomodó bajo las placas de cinc y miró al cielo. A pesar de que la luz de la farola lo deslumbraba un poco, pudo comprobar que algunos relámpagos centelleaban hacia el oeste.

«Habrá tormenta», pensó.

Si había tormenta, si comenzaba a llover de forma torrencial, si azotaba el viento con fuerza, no podría dormir. Pero pasar la noche en vela no le importaba. Sabía que si volvía a su casa su padre le daría una paliza por no haberle conseguido una botella de aguardiente y después lo echaría a la calle a puntapiés. De esta forma, al menos, se evitaba la paliza. Y también evitaría los gritos y el llanto de su madre.

Cogió el libro y leyó en voz alta el título y el nombre del autor. Luego lo abrió y, sin pensar en lo que hacía, comenzó a leer. Cambió de postura, para que la luz de la farola lo iluminase mejor.

Leyó una línea entera.

No era muy rápido leyendo. En la escuela aprendió lo justo, y hacía tiempo que había dejado de ir.

Leyó la segunda línea y luego la tercera. Y la cuarta. Y en la quinta llegó al primer punto y aparte.

Se sorprendió de haber leído tanto y eso le animó a enfrentarse con el segundo párrafo.

Cuando se dio cuenta, había pasado a la siguiente página. No sólo eso: había conocido a un personaje, un niño de su edad, que era a todas luces el protagonista de aquella historia.

Aquel personaje no era como él. Tenía otro nombre y ni siquiera vivía en Medellín. Su ciudad, desde luego, era mucho más fea y aburrida. Se fijó en su casa, que aparecía pintada en un dibujo; era grande y sólida, tenía un zócalo de piedra y el resto estaba revocado de cemento. Ese niño tenía más suerte que él.

Descubrió enseguida que el protagonista era muy distinto a él, lo que le desanimó un poco. Pero, al momento, ese mismo motivo lo impulsó a continuar. No se imaginaba que pudiera haber niños tan diferentes a él y, por eso, quiso saber más de su vida.

Cuando se desató la tormenta había leído al menos diez páginas. No podía levantar la vista del libro. Aquel niño le había atrapado por completo. Ya no estaba dispuesto a abandonarlo hasta el final. Quería saberlo todo de él. Todo.

Pero se fue la luz y el barrio entero se quedó a oscuras.

Camilo levantó la cabeza. Los relámpagos se sucedían sin interrupción y el cielo se llenaba de culebrillas refulgentes. Los truenos se encadenaban produciendo un estruendo espeluznante. Sintió un escalofrío y apretó el libro abierto contra su pecho.

De pronto, algo le sobresaltó. Alguien había entrado a toda velocidad en el refugio y había caído de golpe sobre él. Los dos rodaron por el suelo. Estaba tan oscuro que no podía ver nada.

—Soy yo —dijo Andrés.

—¿Qué haces aquí? —preguntó extrañado Camilo.

—Te he traído un poco de comida.

Un nuevo relámpago permitió que Camilo distinguiese con claridad al amigo, que le tendía un trozo de pan. Lo cogió y se lo llevó a la boca.

—Vete ya, va a empezar a llover.

—Dormiré aquí, contigo.

—Hace frío.

—Nos daremos calor.

Comenzó a llover con fuerza, con mucha fuerza. Al golpear contra las placas de cinc el agua producía un ruido muy fuerte.

—Resistirá.

—Seguro.

—Lo malo es que este aguacero se llevará otra vez el barro de la fachada de mi casa.

—Pues cuando amanezca, lo volvemos a extender.

—Se nos pondrá la piel de chica.

Los dos se rieron.

Volvió la luz. Andrés descubrió que Camilo estaba abrazado al libro.

—¿Lo estás leyendo?

—Sí.

—¿Y te gusta?

—Sí.

—¿Me lo dejarás leer a mí?

—Cuando lo termine.

La luz iba y venía, mientras la lluvia, lejos de cesar, aumentaba constantemente. Camilo y Andrés se dieron cuenta de que el solar donde habían levantado el refugio se estaba encharcando. Aunque ellos se habían colocado en la parte más elevada del mismo, si continuaba lloviendo de aquella forma el agua se les metería dentro.

—¿Cuánto podrá costar hacerse dos fotografías? —preguntó Camilo.

—No hace mucho se las hizo mi padre.

—¿Y cuánto pagó por ellas?

—Creo que cinco mil pesos.

—Entonces necesitaremos diez mil pesos.

—¿De dónde los vamos a sacar?

—No lo sé.

—¿No estarás pensando en robarlos?

Camilo sonrió. Sus ojos lo decían todo. Pero Andrés no pudo verlo, porque en ese instante volvió a cortarse la luz.

Cuando amainó la tormenta y cesó la lluvia, se dieron cuenta de que el charco había llegado justo hasta la entrada de su refugio.

—Hemos tenido suerte —comentó Camilo.

—Mucha suerte.

Y arrebujados el uno contra el otro trataron de dormir.

Índice

Alfredo Gómez Cerdá

Cuenta que de niño le gustaba jugar en la calle. Allí pintarrajeaba versos en el asfalto, que los pocos coches que pasaban no conseguían borrar. Su barrio estaba en las afueras de Madrid, y su casa en las afueras de su barrio. Eso le gustaba y le gusta todavía. Alfredo busca a ese niño que fue para que le explique por qué ahora es como es. Cree que por los libros se consigue descubrir a los demás y a uno mismo.

Obras publicadas en Edelvives:

Colección Ala Delta
El cartero que se convirtió en carta (Serie Roja, nº 15)
Andrea y el cuarto rey mago (Serie Roja, nº 20)
El mago del paso subterráneo (Serie Azul, nº 16)
El monstruo y la bibliotecaria (Serie Azul, nº 54)
El botín de Atolondrado (Serie Azul, nº 72, de próxima aparición)
Un amigo en la selva (Serie Verde, nº 7)
El volcán del desierto (Serie Verde, nº 23)
El secreto del gran río (Serie Verde, nº 30)
La jefa de la banda (Serie Verde, nº 35)
El tesoro del barco fantasma (Serie Verde, nº 54)
Barro de Medellín (Serie Verde, nº 68)

Colección Alandar
Menguante (Serie 12 años, nº 92)
Anoche hablé con la luna (Serie 14 años, nº 89)

Vídeos sobre el libro
y entrevista al autor en:
www.sehacesaber.org